黒い薔薇

濱松恵

CYZO

黒い薔薇——目次

第八章　テレビでの対決とヌード写真集、そしてクズと嘘つきがはびこる芸能界…

アナルセックスを強いてきたトリオ芸人のひとり

悪質な編集をした『バイキング』

めちゃくちゃでギャラも払わないモデル事務所

父の死

この狭い日本で売名して有名になっても、なんかなるの？

〝尻好きの男〟ができちゃった結婚

芸能界はクズでも人気者になれる。嘘つきほど出世する

Kは思った以上におじさんだった

Oとのセックスは、彼の事務所でだった

〝かけがえのない存在〟になりつつある人

プロローグ――

あの男が結婚した

恵の母娘三人暮らしの部屋は、恵の部屋だけとりわけ乱雑だった。お気に入りの家具に囲まれて暮らしている恵の娘の部屋、神経質なくらい掃除好きなママ（恵は母親のことをママと呼んでいる）の部屋、どちらの部屋も誰かが舐《な》め上げたんじゃないかと思うくらい年中ピカピカだ。あまりに自分の部屋と対照的すぎて、毎週こっそり恵に黙ってダスキンを呼んでるんじゃないかと疑った時期もあったが、うちの家計的にそんなところにお金が掛けられないことも知っている。

掃除というものは、いつするものなのか、なぜ毎日きれいじゃないといけないのか、恵は掃除の動機がわからない。部屋をきれいにする情熱も湧かない。料理は作るが、掃除は大の苦手だった。

恵は掃除と同じくらい、風呂に入る動機もわからなかった。シャワーは毎日浴びるが、湯に浸《つ》かる必要性がない。

「悲しいことがあった日は、お風呂に浸かって泣くの。涙が涸《か》れるまでとにかく。そしてお湯を捨てる時に涙も流れたんだ〜、って思う」とティーン雑誌のモデル仲間で言ってた子がいたが、「ポエマー（詩人）かよ」って心の中で突っ込みながらその話を聞いていた。半身浴をしてダイエットするという人がいるが、そういう人はたいてい痩《や》せてない。長く風呂に浸かるより、食べない方がいいんじゃねーの、と思ったりしてるうちに、湯船の必要性がますますわからなくなる。「湯船に浸かると気持ちいい」と言う人の気持ちは何となくわかったが、自分は浸かってもそんなに気持ちよくないので浸からないだけだ。

ある日、恵にとって事件、が起こった。

だけど恵にとって一大事が起こったこの日も、湯船には浸からず、シャワーですませた。いつもと違ったのは、シャワーを浴びた後、体がなかなか拭《ふ》けず、濡れた体にバスタオルを巻いて1時間近くぼーっとしてしまっていたことだ。そのネットニュースをぼんやり見ていた。

鏡の中の恵は、アイメイクと口紅を残し、化粧を終えていた。

いつのまに、どうやって塗ったのだろう？ ルーティンというのは恐ろしい。過程の記憶がなくても、いつもと同じようにできあがっている。アイメイクと口紅の前に、100本近いマニキュアが並んでいる棚に目をやった。いつもは目をやったと同時に決まる色が、この日はなかなか決まらない。

「紺…やっぱり白にしよう」。黒いマニキュアを好む恵だったが、この日はなぜか爽やかな白を選んだ。時計を見ると選ぶのに15分もかけていたことに気づいた。

足の指を器用に開き、恵はいつもしないくらい丁寧に足指の爪を丁寧に塗りつぶしていった。

いやなことがあった日は決まって手の指からじゃなく、足の指から塗るのが恵のきまりだった。

あの男が、結婚した。
子供ができたらしい。
つまり、できちゃった結婚…。

報道を思い出しては、涙をぼたぼたと純白の爪の上に落とし続けた。

できちゃった結婚、できちゃった…心の中で何度も同じ言葉を繰り返す。

2時間後には新聞社の取材がある。顔見知りの記者に泣きはらした目で会うわけにはいかない。

私が泣いていたとわかった途端、あれこれ詮索し、遠回しに裏読みした質問をぶつけてくるだろう。きっと、負け犬を見るような目で…。

私、負けたの？

流れる涙をぬぐわないまま、マスカラをたっぷりとまつげの裏側に塗りつけた。泣いても目を腫《は》らさないコツは承知している。それは子役から芸能界で生きてきた恵の特技でもあった。

「泣いてたんだな」と、相手に思わせる顔で人前や画面に出る女をどこかでまぬけだと思っていた。

が、最近はテレビで泣いて同情を引くことをよしとする芸能人も少なくない。

ぼんやりつけていたテレビ画面は、男の結婚の話題より、もっと人気の芸能人の不倫報道の様子を映していた。

芸能界には珍しく清潔で真面目な子としてバラエティ番組に引っ張りだこだった女性タレントが、人気ミュージシャンと不倫し、正月に彼の家に里帰りした様子と、やりとりした愛のＬＩＮＥが画面一杯に映し出されていた。女性タレントは好感度も高く、順風満帆《まんぱん》の芸能生活を送っていた。特別な美人というわけでもなく、歌や芝居が飛び抜けて凄いわけでもなかった。運もあっただろうが、事務所の力は絶大だった。たいていの他のタレントと同じように。

テレビ画面の中、「信じられないです。本当に真面目な子だったんで。これからどうなるか心配ですけど、でも彼女なら絶対大丈夫だと思います。本当に番組に出るだけで明るくなるし、才能も凄いんで。本当に頑張ってほしい…」

彼女と仕事がバッティングしがちだった女性タレントが涙目で答えていた。うなずく他の出演者。

嘘つけ…。

椅子取りゲームの椅子がひとつ空いた。これからはこの女が、前から座っていましたという顔で、空いた椅子を埋めていくのだろう。

「…ごめんなさい。どうしても彼女のことを思うと…不倫するなんて」

女は、司会者が差し出したハンカチで何度も涙をぬぐっていた。正確にはぬぐう振りをしていた。

涙をぬぐい続ける女の横顔を見て、ぼんやりと思い出した。あの女だ…。

ドラマで共演した先輩女優に誘われた飲み会で昔、一緒になったことがあった。まだ早い時間で偉い人は誰も来ていなかった。女の前には山盛りの煙草《たばこ》の吸い殻があり、自分も煙草を吸う恵は、その女に軽い親近感を覚えた。横に座って一緒に煙草を吸った。その女に微笑みかけようとしたその時、「お連れ様がいらっしゃいました」という声がし、個室のドアが開いた。

女は瞬時に、恵から3つほど離れた席に腰掛けようとし、恵の前には吸い殻が山ほど積まれた灰皿が残った。偉い男たちは、灰皿と恵を交互に見ながら、少し敬遠するように座った。

次々入ってくる偉い人に笑顔でお酌《しゃく》をする女。「気がきくなあ、いい嫁になるぞ。自分は吸わないのか？」と聞く男に「ごめんなさい、吸えないんです」と上目遣いに答え続け、「酒は大丈夫だろ」「あ、少しなら」と言いながら、めざとく一番偉い人の横で少しずつ酔いが回った振りをしていた、あの女だった。

「あの娘さ、本当はわくなのよ」「わく？」「ざるじゃなくてわく。そのくらい飲めるの」

白いニットにブルーのミニスカートをはいたその女は、いつの間にか偉い人に体を預けるくらい酔っていた。「こんなんで酔ったのか？　ダメだな」

「ごめんなさい」。女は上目遣いで偉い人を見つめている。

ぼんやりしていた恵に、先輩女優が耳打ちをしてきた。

「ごめんね、今日は本当はあそこにめぐちゃんに座ってもらおうと思ってたの。あの人に気にいられたらお仕事一気に増えるから、と思ってたのに、やられちゃったわね。あの娘、やり手だとは聞いてたんだけど、思ったよりも動き早くて。ごめんね」

いいんです、と言いながら恵は女から目が離せなくなっていた。女は黙っていると清純で真面目にしか見えなかった。そして、普通だった。

「あ〜、ほらほらダメだよ」座ったまま後ろに倒れそうになる女を偉い男たちが何度も抱き起こしていた。

「ほら、これなら大丈夫だ」

偉い男は、40kgとちょっとしかなさそうな女をひょいと抱き上げ、あぐらをかいている自分の前に座らせた。「苦しそうだね。これ外した方がいいな」と、男は手品のように女のブラジャーを外し、女は薄いニット一枚になった。春用のニット一枚になった女の乳首がどこにあるのかは、服の上からも明らかだった。

時々、グラビアの仕事もしているというその女は、細い体に乳だけがたっぷりとはみだしていた。女は普段、窮屈なブラジャーで必要以上に大きな胸の膨らみを隠しているらしかった。

「君、大きいねえ〜いやらしいお乳してるな」偉い男がうれしそうに女の乳を下から持ち上げた。「いやあ〜ん、ダメです〜」その場にいた男の何人かが、女の胸の膨らみをちらちら見ていた。

広い宴会場のような部屋には、カラオケが完備され、「誰か歌えよ」の一言で、まずあまり人の顔を覚えない恵でも顔を知っている俳優が少しおどけて歌い始めた。

「いーぞ、いーぞ」

俳優は歌いながら、時々、女の胸の膨らみを見ていた。女のニットが動く度にこすれて、乳首が少しずつ大きくなり始めているのが服の上からでもよくわかった。俳優は歌い終えた後、女に向かって「乳首たててんじゃねーよ」とマイクで叫んだ。

「やーだー」と女は言い、恥ずかしそうに胸を手で覆った。

「だめだめ、また苦しくなるよ」偉い男は、女が隠した腕を後ろに回し、女の胸の先が皆によく見えるようにした。「ゆう、恥ずかしいです」。女は自分のことを名前で呼んでいた。

「めぐちゃん、今日はもう帰ろうか」先輩女優が言ったが、「もう少しいます」と答えた。ゆう、という女のこの後のことは何となく想像できたけど、なぜか最後まで見届けたくなったのだ。

いつの間にか恵の横にはイケメンとして有名な人気俳優が座っていた。時々、人のカラオケに沸いた振りして、恵の太ももに触ってきたりしていたが、この日の恵はなぜかのらなかった。

第一、イケメンだか何だか知らないが、まったくタイプじゃない。それより、ゆうという女のことでほとんど頭が一杯になっていた。

芸能界という特殊な世界では枕をする女は山ほどいる。うぬぼれの強い上昇志向が大半のこの世界では、どんなことがあっても人に負けたくないという女が多いのは当然のことだ。先輩女優にも枕をやっている人はたくさんいるが、恵の知っている枕で成功した先輩女優は皆、美女だった。

だけど目の前の女は美女ではない。根性はかなり悪そうだが、見かけは普通すぎるほど普通の女だ。どこから見ても乳が大きいだけの普通の女が、枕で芸能界を本当にのし上がれるものなのか、そのきっかけとなるだろうこの日の夜を、最後まで自分の目で見届けたかった。百《ひゃく》聞《ぶん》は一見にしかず。人に聞いた話は半分しか信じられない。嘘つきだらけのこの世界では特に……。

隣に座った俳優が恵の頬《ほお》にキスし始めた。体をよじらせ逃げる。「何で?」人気の俳優は断られたことなどないのだろう。今度はスカートの中に手を入れてきた。「ダメ!」。自分でも驚くぐらい拒絶してしまった。

「何でだよ、俺の誘いを断るのかよ、お前共演NGにしてやるからな」。舌打ちをし、俳優はふらふらとどこかへ行ってしまった。

恵は、セックスは別に嫌いじゃなかった。潔癖症でもない。2歳から芸能界という世界に入り、本当にいろいろな誘いがあったが、ひとつだけ決めていることがあった。それは、いいな、と思う男以外とはよほどのことがないとしない。ということだった。

よほどのこととは、ごくまれにある先輩や事務所の絶対命令とかだ。基本的に「するのは好きな男だけ」と決めていた。好きな男にはすべての主導権を渡し、従順になってもいい。多少いやなことでも我慢できた。

ただ、どんなに人気があっても、一般にイケメンと言われていても、自分のレーダーにひっかからない男とは絶対にしない。同業の友人や先輩に言うと「損してるよ」と言われたが、何もピンとこない男とすることの方が、恵にとっては人生においてずっと損なことのように思えた。

芸能人である前に、まず人として、自分の人生を生きたかった。

「♫～ヒールを脱ぎ捨てルージュを脱ぎ捨て」古い歌謡曲、「ストリッパー」を歌いながら次々と洋服を脱いで、テレビ局員の男が裸になろうとしていた。ヒット番組を手掛ける結構な地位の男だ。裏方とはいえ、恵でも知ってるくらいの有名人だ。

清純派をきどっていたあの女、ゆうは、どうなっているのだろう。恵は、女に目をやった。偉い男に体を預けるように座っていた女は、男に好きなだけ胸を揉《も》みしだかれていた。途中、乳首を弄《いじ》られる度に「あ、あん」と声を出していた。

テーブルが邪魔で見えにくいが、男の片方の手は時々、女の下半身をまさぐり、女はその度に我慢できないように顔をより真っ赤にし、背を反らしていた。女が背を反らした後、男は女の顔をじっと覗き込んでいる。

自分の手技で女が何度もイクのが面白いのだろう。女はぐったりしながら恵が見ているだけでも4回イッた。よく見ていると、男は初めはゆっくりとじらすように割れ目を触り続け、イカせる段になると女のクリトリスをこすり上げるというのを何回も繰り返していた。

両隣の男は面白がって笑い、時々ゆうの乳首を上司の邪魔にならない角度で吸っていた。乳を吸われ、クリトリスをこすられ続け何度もイキ続けるゆう。人前であれをされるのは、正直きついな、と思った。

ストリッパーを歌っていた有名局員が素っ裸になった。あそこがたっている。「ゆうちゃんがおっぱい見せつけるからこんなんなっちゃったよ〜」。

ゆう、は、偉い男に促され、カラオケを歌っている局員の前に跪《ひざまず》いた。「ひゅ〜」皆の声援の中、ゆうは男の一物を咥《くわ》え、唇を上下に動かし始めた。四つん這い状態のスカートの中身はみんなから丸見えだ。

さっきまで何度もイカされすぎたせいか、ゆうのあそこはぱっくり赤く割れ、いつでも男を迎え入れる態勢になっていた。

「ゆうちゃんのあそこ、凄いことになってるよ〜、やらし〜」馬鹿な男たちの嬌声が、大広間にこだまする中、「めぐちゃん、帰ろっ」。今度は、先輩女優とともに恵はその場を離れた。

…あの時の女だ。

画面の中で清純そうな顔で心配し、泣いているのは、あの普通の女だった。

女はあれからたくさんのバラエティに出演し、ドラマにも時々出て、多くの人に知られるようになっていた。地味なルックスは、少しずつ整形し、少々、男好きする顔になっていた。

「阿呆らし…」

テレビを消した。あの夜のゆう、のことを思い出していくうちに、恵の涙は乾いていった。

さっきどうして涙が次々とあふれ出たのかわからないほど、急に冷めてしまった。

できちゃった結婚したあの男も、あの夜の男同様、最低だった。あの男は、何度も「めぐの子供が欲しい。作ろう」と言っていた。その間、一度も避妊しなかった。もうひとりの女にも同じことを言ってたのなら、ロシアンルーレットのような子作り期間だった。そして恵は、はずれで、あの女は、あたりだったのだろう。

男のことは珍しいくらい本気で好きになっていた。結婚してもいいと思っていた。でも、結果ははずれだった。

運命はたった一度のあたり、はずれ、で変わってゆく。そしてはずれをひいたことが、後によかったということも、あるのかもしれない。

2人の女を同時に孕《はら》ませようとしていた最低男。今の事実は、その最低男のために恵は大量の涙を流してしまったということだけだ。

2人を同時に孕ませようとしたやつは、どこかでまた同じようなことをするだろう。

化粧は、最後の仕上げに掛かっていた。無印のペンスタンドに無造作に刺さっている小筆を取り出し、いつもより丁寧に口紅を塗った。イヴ・サンローランのヴォリュプテ、色はサンローランお得意のショッキングピンク。しっかりと美しく発色したルージュは恵の口元を艶《つや》っぽくさせる。

これをつけた日は、初めて会った男に誘われる確率が高い。ピンクは、恵の大嫌いな色だった。

第一章

芸能界とママと私

2歳で「芸能界」の住人に

濱松恵は、1983年の1月23日に母一枝、父ただしのもとに生まれた。83年は、後に恵が娘を連れてよく行くことになる東京ディズニーランドが日本に開園した年でもあった。

恵の母である一枝は、裕福な実家を飛び出し、銀座の女になっていた。若いころはレディースで頭をつとめるほど人望が厚く、仲間のためにいつも一肌脱いでいた。めっぽう勝ち気で、白黒はっきりしないといやなところがあり、「おかしい」と思うことは、目上の者に対しても、自分がそれを言うことで損をするとわかっていても、はっきりと「おかしい」と言うところがあった。

権力者と呼ばれる人の中には、その地位同様に立派な人もいたが、中には自分の変な理論を振りかざし周りを困らせるやっかいな輩《やから》もいて、そういう人とはとことん納得いくまで渡り合った。渡り合った権力者の中には、一枝のその姿に感銘を受け、しまいには一枝と意気投合し、一生の親友になる者もいた。

「好意には好意　敵意には敵意」

このシンプルな言葉を、一枝はよく口にし、ママ（恵は一枝のことをママと呼ぶ）の、このわかりやすい考え方が恵も大好きだった。美人で勝ち気で面倒見がいい。そんな一枝に言い寄る男は昔から多かったので、つき合って結婚することはたやすいが、出産はかなり困難だった。

元々、入退院を繰り返すほど病弱だった一枝は、医師から出産するのを止められていた。妊娠期間を無事に乗り切れる体力はない、と言われていた。無理と言われれば余計に頑張るのが一枝だ。それから、毎日2年間、病院へ点滴を打ちに行き、さらに大学病院に1年通って、妊娠出産の許可を得た。根性である。

結婚し、妊娠した一枝は、ただしが働く振りをして実家によく帰って休んでいたことを知った時、お腹の子に悪影響を及ぼす気がした。よく働く父の安治を見て育ったので、働かない男など言語道断。たとえ子供が生まれてきても、ただしはきっと変わらないだろう。一枝は決断した。「出て行ってもらおう」。迷いはなかった。一枝とただしは恵が生まれる前に他人になった。

予定日の2日後に、女の子が誕生した。恵、と名付けた。

ただしが出て行った後、恵を生んだ一枝は、女手ひとつでも、絶対に恵を育て上げると決心し、実家に頭を下げ、恵を預けながら、職人の父が社長を務める工場「濱松製作所」に働きに行くようになった。

実家の道を挟んだ目の前の古いアパートのような作りのマンション。その3階建ての古いマンションの2階のこぢんまりとした部屋に、一枝と恵は住んだ。

ベランダの横が寝室、リビング、キッチンという縦割りのシンプルな2DKで、洗濯機はベランダにあった。

乳飲み子と母が2人で暮らすには、ちょうどいい広さで、古くても何も不自由はなかった。

朝、掃除と洗濯をし、そのまま夕方まで工場勤務。このころのご飯は一枝の母の澄子が用意してくれることがほとんどで、それは一枝を大いに助けた。ご飯を作る作業も、日々の献立を考えたり買い物に行ったりすることも、そのころの一枝にとっては困難なことで、しかし乳飲み子の恵にきちんとしたものは食べさせたいという葛藤があり、それを易々と叶えてくれた澄子には、もう感謝しかなかった。そのおかげで一枝は工場勤務を続けながら、週に数回ではあったが銀座に復帰することもできた。

恵にもし何かあれば、自分の命に代えてもいいくらい恵のことはかわいかったので、本当は一日中一緒にいたかったが、お金に余裕があるからといって、親に甘えっぱなしにするのは一枝の性に合わなかった。

生まれた時から、笑うと大輪の花が咲いたようになる恵は、「あら~かわいいわねえ」と言われることが多かった。中には、恵の前を通り過ぎた後、わざわざ戻ってきてじっと見る者もいた。

２歳になった恵は、まだ赤ちゃんなのに目鼻立ちがはっきりし、すれ違う人が立ち止まるようになっていた。

職人肌で普段小難しい顔をしていることの多い祖父も、恵を見ると相好《そうごう》を崩し、好きそうなものや似合いそうなものを何でも買い与えた。

久しぶりの休日、一枝は恵を連れて銀座に買い物に出かけた。買い物に出た時も、恵はあまりぐずることもなく本当におとなしい子だった。服装はかなりおしゃれで、まだ幼いのに革靴を履いていたが。

「かわいいですね」

ひとりの男が、恵を見て声を掛けてきた。

「ありがとうございます」

いつものように一枝も答える。

いつもと違ったのはその後で、男は胸ポケットから名刺を出して一枝に渡した。

「芸能界などにご興味ございませんか？」

「は？」

怪しい。

「失礼します」

「すみません。お話だけでも聞いていただけませんでしょうか?」

慣れた場所、銀座だったこともあったせいか、男の言葉につい のってしまった。

「お茶だけなら…」

男は、子役の事務所として老舗の芸能プロダクションのスカウトマンだった。

〝芸能〟という言葉に、初めはいぶかしがっていた一枚だったが、男の熱意もあって、話はトントン拍子に進み、恵は2歳にして「芸能界」という魑魅魍魎《ちみもうりょう》の世界の住人となる。

今日は、親子で買い物を楽しむだけの、何でもない日のはずだった。それなのに…。

〝恵の運命〟が、微かに音を立てて動き始めた。

「コドモのおもちゃ」にレギュラー出演

♫~あったかご飯に混ぜるだけ~　ちょいとすし太郎~♫
芸能界の大御所、北島三郎とCMで共演。それが恵のデビュー作となった。
3歳にして、北島三郎と共演。祖父母が歓喜した。あの〝さぶちゃん〟である。
祖父母が暮らす家にはすぐに、CMのポスターが所狭しと貼られた。ニコニコと天真爛漫《らんまん》を絵に描いたように、〝さぶちゃん〟の横で笑う恵。

娘が芸能界に入ってCMで大スターと共演しても、一枝の、朝から晩まで働く生活は変わらないままだったが、工場のお昼休みにたまたまつけたテレビに恵が映る度、疲れが一気に吹き飛んだ。

CMに出たといっても、恵の出演料は子役価格でたかがしれていた。母娘2人の生活は、決して楽ではなかったが、平穏だった。このころの一枝と恵は、平和で幸せだった。

フジテレビで放送される「コドモのおもちゃ」に恵がレギュラー出演するようになり、一枝は一緒にテレビ局に出入りするようになった。当時人気だった田代まさしが司会をつとめていた。

テレビ局に出入りするようになって、シングルマザーの一枝に言い寄る男が何人も出てきた。恵のレギュラー出演は3歳〜6歳まで3年も続き、その間に一枝は言い寄ってきた男の何人かとつき合ったが、そのうちのひとりTとの関係は2年も続いた。

恵はTが自分の父親だと信じていた時期があった。つき合った男は皆、娘の恵のこともかわいがってくれたが、中でもTは本当に優しく、恵はTのことが大好きだった。テレビで見るTは、時に毒舌だったり、卑猥な言葉を発して共演した女の子たちに眉をひそめられることもあったが、普段のTは真面目で誠実だった。一枝と別れた後も、恵が古いマンションから引っ越す13歳まで、誕生日プレゼントを贈ってくれていた。

Tの事件をニュースで知った時、恵はテレビに流れるTの姿を見て愕然とした。頬はげっそりとこけ落ち、目がくぼんだ顔は恵の知っているものではなかった。恵の知っているTは、健康的で、明るかった。今でも恵の中のT像は、あのころのままである。

恵の芸能活動は、順調そのものだった。道路を挟んで向かいにあった祖父の工場も、順調に業績を伸ばし続けていた。埼玉県鳩ヶ谷市にある祖父の工場は、主にソフトビニールの指人形を製造していた。コルゲンコーワのケロちゃん・コロちゃん人形、円谷プロのウルトラマンシリーズ、ゴジラシリーズなど、生粋《きっすい》の職人肌だった祖父が作るソフビ人形は、子供だけじゃなく大人の間でも人気で、収集家まで現れる始末。人形の知名度は全国区だった。

当時、このような人形を作っていたのは祖父の工場だけで、完全にひとり勝ち状態。祖父母が住む実家の豪邸は、近所では〝かえる御殿〟と呼ばれた。祖父は恵を溺愛し、アイススケートやお琴、ピアノなどの習い事にも金を惜しみなく出し、援助してくれた。一枝は、自分のために両親が金を使うことは「しなくて結構」と思っていたが、恵のために使ってくれることは素直に喜んだ。本当にありがたかった。そんな時は、一枝も両親の近くにいてよかった、と思ったのである。

祖父の寵愛《ちょうあい》を受け、天真爛漫にすくすく育っていた恵に、ある日突然悲劇が降りかかった。翌年は小学校入学だという年、恵と祖母は公園でいつものように遊んでいた。

この日も恵は、お気に入りの滑り台を何度も何度も滑っていた。

「その笑顔が気にいらないんだよ」

滑り台の上にいた恵を、祖母が突然突き落とした。

不意のことに恵はそのまま落下してしまった。

「きゃっ」

一瞬、何が起きたかわからず次の瞬間、地面に倒れていた。

「あ〜ん、痛いよう〜」

膝《ひざ》がぱっくり割れ、血が出ている。

「おばあちゃん、何すんの〜」

祖母を見た。祖母は、滑り台の上で仁王立ちになり、泣いている恵をじっと見ている。

「痛いじゃん〜。あ〜ん、痛いよう」

自分に起きたことが理解できないまま、病院へ行った。

恵は、膝の皿が割れる大けがを負ってしまった。

祖母は、工場が順調になり、どんどん裕福になることに比例して、〝金の亡者〟になっていった。一枝の妹の洋子と結託し、祖父がもし死んだら遺産はどうするか？　という話を2人でよくするようになっていた。

一枝が働きに出ている間、時には恵が遊んでいる実家のリビングでその話をするのである。時折、テレビを見て笑っている恵を2人で忌々《いまいま》しそうににらみつけ「お前なんか全然かわいくない。お前はじいちゃんの金をもらう資格なんかないんだよ」と吐き捨てるように怒鳴ったりした。

祖母の指につけたダイヤのカラットは日増しに大きくなり、洋服はブランド品ばかりになっていた。いつの間にか祖母や叔母にとって恵は、じいちゃんの金を使う憎いやつ、になっていた。

膝の皿が割れた時、恵は一枝に「自分で落ちた」と嘘をついた。一枝のことだ。真実を知ったら激怒し、何をするかわからない。恵の幼い頭でも、そのくらいはわかる。

それに働きづめの一枝に、余計な心配をかけたくなかった。

習い事のうち、恵が特に熱中したのはアイススケートだった。仙台まで、多い時で週2度、少ない時でも月1度の割合で練習に行くため、費用が膨大にかかる。そして腕前が上達していくにつれ、祖母のいやがらせもエスカレートした。

恵が10歳になると、殴ったり蹴ったりは日常茶飯事で、時には、コンロの火を押しつけたり、熱湯の浴槽の中に突き飛ばしたりした。作ってくれていたご飯も、時々しか作らなくなり、恵はお腹をよく空かせていた。働きづめだった一枝は、そのことを知らず、真実を後から知った時に心を痛めた。悔しかった。

虐待され、体に痣《あざ》や小さな火傷《やけど》ができても、「自分の不注意だった」と母や祖父の前でごまかした。このころ、朝から夜中まで働いて、恵との生活を支えてくれていた一枝の心意気は、幼いながら恵にも伝わっていた。

いきいきと働く母の姿が、子供ながらに誇らしかったからである。

『ピチレモン』の専属モデルに

小学6年生になった恵に、ひとつの転機が訪れた。

雑誌『ピチレモン』の専属モデルに採用されることになったのだ。学研が発行する『ピチレモン』は今では女優の登竜門と呼ばれており、現に長澤まさみ、夏帆、宮﨑あおいなど錚々《そうそう》たる面々を輩出している。皆、恵にとっては後輩だ。

高校1年までモデルをつとめた『ピチレモン』の現場はとても楽しく、喧嘩など無縁だった。休みの日も皆で買い物に行ったり、遊びに行ったり、恵は伊藤なつ、かなという双子や加藤あい、後輩の栗山千明と特に仲がよかった。

モデルの仕事が忙しくなると、だんだん、アイススケートの時間が取れなくなってきた。アイスダンスを始めていた恵だったが、意外に危険な競技で、リフトに失敗して歯を折ったこともあり、モデルとの両立ができないかも、と考えるようになった。

趣味で、マウンテンボードやローラーブレードも得意としていたが、モデル業に支障が出るかもしれないと、少しずつ慎むようになっていった。

『ピチレモン』のおかげで、祖母と一緒にいる時間が少なくなる。だから、モデルの仕事の現場にはできるだけ行きたかった。またいじめられ、大けがをしてしまったらモデルの仕事がなくなるかもしれない。

『ピチレモン』の他にも、数誌の雑誌のモデルとなった。

このころは、雑誌の仕事に救われた。

恵に本当の笑顔が戻った。

「これでお母さんに心配かけなくてすむ」

恵の安堵が母に伝わったのか、母の一枝もまた、このころ何度目かの恋愛をしていたのである。

母娘2人暮らしの家の電話は、鳴りっぱなしだった。携帯電話がまだ普及してない時代、連絡は家の電話がすべてだった。かけてくる電話の主は、たいてい一枝目当ての男で、誘いを断る母の姿を恵はいつも目撃していた。恵が電話に出た時は、判で押したように「母は、今いません」ということが多くなっていた。

今度の母の相手は、有名な人気俳優だった。俳優はテレビの印象通り、ダンディで優しかった。デートについていった恵のこともよくかわいがってくれ、3人でディズニーランドに行ったこともあった。2人は結構長くつき合っていたようだった。

10歳くらいから恵の体つきが変わってきたため、「何かあってはいけない」という理由で、母は男の人を家にいれることをやめた。

母はいつも「恵が成人するまで再婚はしない」と決めていたので、彼氏が「結婚してほしい」と口にした途端、別れていたのである。そしてどんなに彼ができても、恵のことが、いつも一番だった。

レンジャーからのいじめ

地元の中学に入学した年、恵に転機が訪れた。

NHK大河ドラマ『八代将軍吉宗』への出演の話が舞い込んできたのだ。

恵を溺愛していた祖父は、諸手《もろて》を挙げて喜んでくれたが、祖母はその朗報に対しても、当然の如く仏頂面を隠さなかった。

大河は着物やカツラを着けなければならない。ましてや恵はまだ12歳だというのに、一日中十二単《じゅうにひとえ》を着なければならず、一度着ると座ることもできないのが辛くて、「早く終わってほしい」とばかり思っていた。

大河の現場は、所作一つとっても厳しく、大御所が勢揃いしているのでいつも緊張感でぴりぴりしていた。西田敏行、小林稔侍、津川雅彦、石坂浩二、八千草薫、藤間紫など、さすが大河らしいビッグネームが並んでいたが、子供から少女へと成長した恵に、皆とても優しかった。ドラマの現場も、雑誌の現場同様、意地悪な人は皆無で、中でも黒木瞳は本当に恵をかわいがってくれた。

大河に出演した翌年、祖父が一枝と恵のために建てていた二世帯住宅が完成した。2階に祖父母が住み、3階のスペース全体が一枝と恵に与えられた。

二世帯住宅は、思った以上の豪華さで、3階だけで4LDKもあった。キッチンはお店のカウンターのような作りで、パウダールームと呼ばれる洗面所だけで4畳もあり、ドレッシングルームと呼ばれる衣装部屋は8畳もあった。

幼いころから芸能界入りし、小学生のころから雑誌のモデルの仕事をしていた恵だが、自分が普段着る服には無頓着だった。16歳になるまで、恵が着るたいていの洋服は、一枝が選び、コーディネートしていたのだ。

大河ドラマの評判が、思った以上によく、すぐにまたドラマに出ることになった。

『激走戦隊カーレンジャー』

子供に大人気の戦隊ものに、恵は初代ホワイトレーサーの役で出演することになった。レッド、ブルー、グリーンレーサー役が男性で、ピンク、イエロー、ホワイトレーサーの役が女性だった。

恵以外の全員が、変身後、顔まで全身を覆ったカラースーツを着用するのに対し、恵だけは変身する前も後もミニスカート姿に顔出しというものだった。

皆より後から加わった上に顔出し。当然、目立った。

事件は、撮影初日に起きた。

撮影の待ち時間に、女性のレンジャーが待機するロケバスに戻った恵は、先輩格である２人のレンジャー、ピンクとイエロー役の女優に挨拶をした。

「お疲れ様です」

「………」

聞こえなかったのかな？

「お疲れ様です。あらためてよろしくお願いします」

今度はピンクとイエロー役の女優を交互に見ながら言った。

「……………」

やはり、返事はなかった。

「よろしくお願いします」

今度は明らかに目をそらされた。

無視？

それまで、テレビの現場でも雑誌の現場でも、無視をされたことなどなかった。

『ピチレモン』時代に、同世代の女の子との仕事は本当に楽しい、と思っていた恵は、この現場も楽しみにしていた。

大河と違って同世代ばかりだ。きっと毎日が修学旅行みたいだろうな、と勝手に思っていた。

無視、が現実だと思いたくなかった。

ピンクとイエローは、恵をいないものとして、２人で楽しそうに会話し始めた。

（…嫌われてるならしょうがないや。無視に耐えるしかないか）

幸い、全員に無視されているわけではない。男のレンジャーたちは明るく話しかけてきてくれる。

（暇だからとりあえず寝よう）

と思ったその時、

「あっつ…」

「あ〜ごめんなさい。こんなとこで脚なんか出してるから」

2人のうちのどちらかが、恵のミニスカートから出た生足に激熱のホットコーヒーをかけてきたのだ。

熱いものが直接かかった脚は、みるみるうちに赤くなった。

ひりひりした脚をスタッフの人に冷やしてもらおうと急いでバスを降りる恵の背中で、2人の笑い声が響いた。

恵の真っ赤な脚に気づいたスタッフが急いで冷やしてくれ、大事には至らなかった。

「自分でこぼしてしまった」と言ったら、自己管理がなってないと怒られ、少し悲しくなった。

2人からくる嫉妬が絡んだ憎悪のような気持ちに、恵は捕まってしまった。

さっきの鬼のような形相《ぎょうそう》の2人。

恵は純粋だった。

幸い火傷にはならず、ひりひりした状態だけで済んだが、今日という一日が無事に終わりますようにという祈りに近い気持ちで、残りの撮影に臨んだ。

男のレンジャーたちや、事情をあまり知らないスタッフさんたちに、余計な心配をかけたくなかったし、同情されるのも惨《みじ》めでいやだった。

その日の撮影は、終始笑顔のまま乗り切った。

細かないじめが重なったある日、恵はトイレにこもったまま撮影に行くのを拒否した。スタッフが来ても、親や社長やマネージャーが来てもトイレから出ず、そのまま降板となった。

仕事を休んだのは、初めてだった。

降板する際、皆が心配して、説得を試みてはくれたが、恵のぽっきり折れた心は、〝あの少女たちの憎悪〟に取り憑《つ》かれたまま、闇へと吸い込まれてしまった。

表向きの降板理由は「学校でのいじめと体調不良」。

正義の味方のレンジャーによるいじめが原因で降板、ということになれば楽しみに見てくれているちびっ子たちの夢を一瞬にして壊してしまうという理由からだった。

真実がまた、闇の中に葬られた。

恵の鬱《うつ》状態はしばらく続き、芸能界での成功も抜擢されることも、どうでもよくなってしまった。

憎悪に取り憑かれた心を解放するには、何をどうしたらいいのかわからないまま、毎日を暗い気持ちで過ごした。

20年後、あるパーティーで再会したレッドレーサーに、当時のことを話した。

「あの時言ってくれてたら、俺がすぐに助けたのに！　何で言ってくれなかったの？」って…。

20年たっても、レッドレーサーは、正義の味方のようだった。

カーレンジャー関連のものは、ひとつ残らず段ボールに入れて、しっかり封をしている。

いつか、お婆さんになっても、開けない気がする。


番組を降板したものの〝美少女〟との呼び声が高くなり始めていた恵は、2年続けて大河に出た。竹中直人主演の『秀吉』で、復讐のために秀吉の側室になった浅井長政と市の娘、茶々（後に淀）の三姉妹の末っ子の小督《おごう》を、恵は演じた。

茶々役は、松たか子で、松のことを恵は、いい人だが、少し変わっている人だと思った。

そう思ったのは、休憩時間に先輩が皆立っていても、ひとりストンと椅子に座ったり、と松には、梨園《りえん》の人らしい奔放さがあった。彼女がいることで、自由な空気が恵の中にも流れ込んでくるようで、気持ちが楽になることが度々あった。

そんな松の奔放さに眉をひそめて咎《とが》める先輩もいなかった。皆に許される空気をまとっていた。確固たる自分、実力を兼ね備えた本当に素敵な先輩だった。その他の共演者の中には、幼心に憧れていた真田広之もいて、着物を着るのは相変わらず苦しかったが、『カーレンジャー』

の現場とは違い、楽しい毎日だった。

鬱病は、いつの間にか治っていた。

養育費払ってください

このころ、父親からの養育費が途絶えた。元々、高くない養育費なのに、なぜ？

私がかわいくないのだろうか？　いや、きっと忙しくてたまたま忘れてしまったのだろう。

恵の中でいろんな思いが交錯《こうさく》していた。

「恵、ちょっとこの住所に行って、お父さんがいると思うから養育費のことで言ってみる？」

と母に言われた。そう言われる前から父に会っていろいろなことを確かめたかった恵は、

「行ってくる」と即答した。

ひとりで行くのが心細くて、当時『ピチレモン』のモデル仲間だった女優の加藤あいについてきてもらうことにした。

(恵、ずっと会いたかったよ。もうお父さんのそばにいなさい…そう言われたらどうしよう)

「ねえ、めぐちゃん聞いてる？　何、さっきからぼーっとして」

「あ、うん」

いきなり現実に戻った。

「ここ、じゃない？」

紙に書かれた住所に辿り着いた。場所は都内の下町で、大きな長屋の建物が目に入った。

初めて会うお父さん。

ドキドキして倒れそうだ。

私が倒れたら、一緒に来てくれたあいは確実に困る。

でも、倒れそう。

「あい」

あいの肩にもたれるように手をかけた瞬間、体が一瞬ぐらりと揺れた。

「大丈夫？」

「うん」

入り口に誰かいたので声を掛けてみた。

「あの、すみません。私、お父さんに会いに来たんです」

初老の男性が、ギロリとにらみ返してきた。おそらく父方の祖父だろう。

「何だ、お前。帰れ！」

まだ夕方にさしかかったばかりだというのに、男は酒を飲んでるようだ。

「養育費がストップしたから、話がしたい！」と恵が言っても、聞こえない振りをする。

恵と祖父の会話が聞こえたらしく、中から写真で見た父親が、突然何かを手にして出てきた。

「金属バットだ」

あいが、恵に教えるように小さく叫んだ。

「どうしよ、あい」

「何だ～、てめえ」

顔を真っ赤にし、金属バットを手にしたただしが叫んだ。

赤鬼みたいだ。

身の危険を感じたあいは、近くにあった電信柱の陰に逃げ込んだ。

「あの、養育費払ってください」

恵だって生活がかかっている。金属バットごときで引き下がるわけにはいかない。

ただしは、恵が説明をすればするほど、大声でわめいた。近所の人が次々集まり、警察まで来てしまった。

「どうしました？」

「あの、家族のことなので、養育費をもらいに来たんです」

「そうですか。あまり大げさにしないように。君も大変だね」と言って警察は帰って行った。

「てめえのせいで、警察なんかが来ちまったじゃねえか、こら！　お前も早く帰れ！」

ただしは再び金属バットを持ち、ぶんぶん振り回しながら恵たちに襲いかかってきた。

（やばい、殺される！）と思った瞬間、

「めぐ、逃げよう！」

あいに手をつかまれ、反射的に走った。

心臓が苦しい。苦しいよぉ。

顔を真っ赤にしたただしがバットを振り回しながら、何かを叫んでいる。

必死に逃げ、タイミングよく来たバスに乗り込んだ。

この場から離れられるなら、行き先は、どこでもよかった。

全力疾走したせいで、恵もあいもへとへとに疲れ、バスの座席にどかっと座り込んでしまった。

父に会えるのだと、こみ上げていた涙はとっくに乾いていた。

「やばい、あい、やばいよ、私のお父さん、やばい」

「………」

あいは、小さくうなずいたまま何も言わなかった。

「もう笑っちゃう、本当ギャグだよね」

「めぐちゃん…」

「何あいつ。大体、なに人だよ。ただしって名前なのに、外人みてえじゃん」

「めぐ」

「あい、一緒に来てくれてありがと。あいがいなかったら今ごろ私、あいつにバットで殺されてたかも。今時、金属バット殺人事件って、はやらないっつーの」

「………」

座り込んだ恵の太ももの上に、ぽとぽと涙が落ち続けている。

「めぐ…」

「ごめん。あい、ごめんね。ホント、大丈夫だから」

校長室での卒業式

2年生に進級した恵にまた大きなＣＭの仕事がきた。

「ピザーラ」というピザの宅配会社のＣＭで、この時期、よく宅配を頼んでいた一枝と恵は、「元取れたよ」と冗談を言って喜んだ。

ＣＭ放映は2年も続き、「ピザーラ」のＣＭには、松田聖子のような大スターも起用されていた。

子役は、ＣＭの仕事の場合、オーディションを受けることが多かったが、これも指名だった。ＣＭは結構出たが、恵は全部指名だった。これは子役にしては、とても珍しいことだった。

芸能活動は、順調だった。

一方、学校の方は進級はしたものの、一度も授業を受けないまま中学2年生を終えた。

3年になって、少しは授業を受けるようになったものの、相変わらず出席状態は悪かった。

恵の中学の卒業式は、校長室で行われた。

出席日数が全然足りず、卒業させるのが大変だった生徒の恵に〝校長先生〟は、最後のお話、をした。校長先生の話を真剣な面持ちで聞き、一枝も恵も、何度も「申し訳ございません」と謝った。

しかし、謝っても謝っても、なかなか解放してもらえない。それどころか、だんだんとねちっこくなり始め、あげく「母子家庭は…」というようなことを言い始めた。

「本当にすみませんでした。もうよろしいでしょうか？」。ぐっと我慢して謝る一枝に対して「そうですねえ。でも本当に母子家庭だからやっぱりダメなんですかねえ」というようなことを校長が繰り返したその時、恵の目の前で椅子が宙に舞った。

「こっちがおとなしくしてりゃ、いつまでもねちねちと」

一枝が投げた椅子は、誰にも当たらず、凄い音を立てて床に落ちた。
唖然とする教師たちと、笑いをこらえるので必死な恵。
母娘は、最後に丁寧なお辞儀をし、静まりかえった校長室を後にした。
恵はこうして、中学を無事に卒業できた。

第二章

15歳で初体験、摂食障害

堀越高校に進学

中学を卒業した年、恵は長年お世話になった事務所を離れ、そこもやはり大手の事務所に移ることになった。長年お世話になった事務所を離れるのは寂しかった。２歳のころから恵を自分の孫のようにかわいがってくれた社長のことが大好きで、離れがたかった。

「ありがとうございました」

事務所を離れる日、恵は建物の前で小さくお辞儀をした。

芸能活動を続けることになった恵は、当然のように堀越高校に進学することになった。入試といっても、簡単な面接が主で、他の高校の面接と違うのは三者面談ではなく四者面談だったことだ。教師と親と本人、そして所属事務所の社長の４人での面談。つまり、面接だけで合否が決まる。恵は、芸能活動コースを希望しており、芸能人だからといって誰でも入れるわけではなかった。

入学式は中野サンプラザで行われた。恵は、希望通り芸能活動コースへの進学が決まり、同じクラスには、テレビで見たことがある顔がたくさんあった。前から知り合いだった藤原竜也や仁科克基、塚本高史を入学式で見た時、楽しい学校生活になりそうだな、と思った。

入学式の後、芸能コースのクラスで自己紹介が行われた。恵の芸能コースに限っては、1年から3年までが皆、一緒のクラスだった。といってもそれはホームルームだけで、授業の時は、時間割ごとにそれぞれ分かれるという特殊な仕組みだった。

新入生には自己紹介が義務付けられていた。

「こんにちは。濱松恵です。ミナクル・カンパニー所属で、モデルと女優の仕事をしています。芸歴は13年です。よろしくお願いします」

自己紹介では、名前、所属事務所名、芸歴、今やっている仕事、を言うのがきまりだった。

堀越には、というより恵が入った芸能コースには、独自のルールがいくつかあった。

学校を休む時は、普通は親が先生に連絡するものだが、ここでは冠婚葬祭以外の休み届けは、親ではなく所属事務所からするのが基本だった。地下には学食があったが、芸能コースの者が行くと混乱するので、放課後以外の利用は禁止。校門や帰り道にファンのカメラ小僧やパパラッチがいるため、男女一緒の登下校も禁止。

とはいうものの実際は男女交際をしている者も多く、放課後は、駅のロッカーに置いておいた服に着替え、近くの喫茶店で待ち合わせて男女仲よく遊んでいるのが常だった。生徒がいそうな場所は、教師たちがパトロールし、制服姿だと連行された。

恵は、ラッキーなことに一度しか連行されなかった。

恵の同級には、藤原竜也や仁科克基、塚本高史、深田恭子、加藤あいなどがいて、先輩には、安達祐実、新山千春、岡田准一、高橋一生などがいた。

一般コースには、グラビアタレントの佐藤江梨子や内藤陽子もいた。

自己紹介を終えた恵に、先輩の男が声を掛けてきた。

男は、大手事務所から6人組グループの年少チームのひとりとして活動していて、すでに大人気だった。

「ねえ、君、モデルなんだね〜」

「まあ、ええ…」

恵は、男の濃い顔があまりタイプじゃない。そっけなく返事した。

恵があまりにそっけなかったからか、男はすぐどこかへ行ってしまった。


一週間後、いつものように恵は、竜也（藤原）や高史（塚本）、克基（仁科）たちと屋上で弁当を食べていた。

「こんなとこにいたんだ」

ひとりの男が、恵に近寄ってきた。自己紹介後に声を掛けてきた先輩だ。

「ねえ、明日学校終わったら帰るの？」

先輩は、他に男がいても何も気にしていないようだ。

「ええ、まあ、帰りますけど」

「俺の家に来ない？　遊ぼうよ。俺、事務所専用の寮に住んでるんだけど、誰も来ないからさ」

「あ、えっと…はい」助けを求めようと竜也たちを見たが、見て見ぬ振りをしているようだ。

「よかった。じゃあ、明日」

急に声をかけられ、いきなり家に誘われたことに驚いたが、芸能界では当たり前のことなのかなと思い、何となくＯＫしてしまった。

でも、ひとりで行くのは怖いな。３人を見たが、行く気はなさそうだった。

初体験はたったの10分だった

制服に忍ばせていたショートホープを取り出し、一服した。

「何それ」

「ショートホープ？　ちょっと渋すぎない？」

竜也と高史が、恵の煙草を見て、笑った。

「ママのだよ」

「なあ、今度のテストでさ、一番点数が低かったやつが何かおごることにしない？」

高史が言った。

「え、やだなあ。どうせ俺だよ」

それまで黙々と食べていた克基が、口を開いた。

「わかんないじゃん、私かもしれないし」

「いや、絶対俺だよ」

「わかんないじゃん、ねえ～（笑）」

克基以外の３人が、顔を見合わせ、声を揃えて笑った。


放課後、少しヤンキー風の同級生の女の子を誘って、先輩の自宅に行った。最寄り駅は広尾だった。

事務所の寮だと聞いていたので、狭いワンルームの部屋を想像していたが、２ＬＤＫもある立派な部屋で驚いた。しかも一等地。しかもきれいなマンション！　別の階には事務所の大先輩も住んでいるらしいし、事務所がマンション１棟借り上げているらしく、人気アイドルは違うな、と思った。

先輩はうれしそうに恵たちを招き入れてくれたが、学校で見るより…低い。いや、低すぎ。まさかのシークレット上履き？　Ｗｈｙ？　高校生でそれは、せこい気がするが、アイドルはイメージが大切。大変だな。

３人でご飯を食べ、わいわい楽しく過ごすうちに、夜がきてしまった。

恵は、何となく疲れてベッドに横になった。

それを見ていた先輩が、不意に上から被《かぶ》さったりしてきて「もお、何なんですか」と言いながら、ベッドの上で何となくいちゃつき始めてしまった。

着ていたセーラー服が荒々しく脱がされ、恵の胸が露《あら》わになった。15歳にしては、「大きい」と言われることが多かった恵の胸は、寝ると余計に丸く大きくなった。

「大きいねえ。きれいだし」

恵は、これまで男とつき合ったことがなく、処女だった。

男の美しい水晶玉のような目が、急に獣《けもの》のような妖しい光を放った。

ハーフのようなきれいな顔が近づいてきてキスをしながら、胸を愛撫してきたが、ずれたとこばかり、揉んだり舐めたりしてきて、まったく気持ちよくない。

（下手なの？　私が慣れてないからなの？）

そのうち、ショーツの中に手を突っ込んできた。

あせってるのか、恵が濡れているのかばかりを確認し、あまり濡れてないのがわかると、いきなり穴に指を突っ込んできた。

「痛い！」

「痛いの？」

心なしか、男はうれしそうだ。

「はい」

「もしかして」

「初めてなんです」

処女だとわかったら、途中でやめてくれるかもしれないと思って言ってみた。

「へえ～、珍しいな」

そう言って男はもう一度、恵の中に指を入れてきた。

「痛い。本当に痛いんです」

「痛いんだ」

男はやめない。痛さを紛らわそうと、目に入る時計の秒針をじっと見た。

チッ、チッ、チッ、チッ。秒針は、恵に今起こっていることとは無関係に時を刻んでいる。

5秒、10秒、15秒、20秒…。

男の鼻息が荒くなってきた。

(怖い)

男の指が恵の敏感な突起した部分と穴を交互に触り始めた。

痛さと、気持ちよさが混ざり、とても感じるどころじゃない。

「ねえ、だんだん濡れてきたよ」

自分で発した言葉に余計に興奮したのか、鼻息はますます荒くなってきた。

「入れるね」

恵のあそこに何度か硬いものが当たり、急に異物感を感じた。

「あ、痛い〜、痛いです」

人から、初めての時は痛い、と聞いていたが、痛さで頭がどんどん上にずれていく。

男は処女だと言った恵のことを何も気にしていないように、恵の頭を押さえつけ、さらに深く入れた。

「痛い〜」

恵の声を無視して、入れた後、上下に動かし始めた。

「やめて、痛いからやめてください」

男は気にせず、動いている。

5秒、10秒、15秒、20秒、25、30。

痛さのあまり乾いてきた恵の中がよく濡れるように、男は恵の勃起していない乳首を手のひらで転がし、爪の先ではじいたり、指でつまんだりし始めた。

それから、未経験でまだ小さくわかりにくい恵の敏感な部分を探り当て、人差し指と中指でこすり始めた。

「あ、」

「気持ちいい?」

一瞬、気持ちよくなっても、すぐに痛みが勝り、わけがわからない。

だんだん滑りがよくなってきたのか、男の動きがスムーズになり始めた。

男の動きが荒く速くなっていくと、恵の中にまた激痛が走り、

「痛い!」

と声が出たが、その言葉もまったく聞こえていないように男は最後、気が狂ったように激しく動き、ひとりでイッてしまった。

(いつもこうなんだろうか? はあ〜、疲れた)

恵の、初体験は、こうして終わった。

時計を見ると、10分しかたっていなかった。

恵の初体験は、たったの10分だった…。


いつの間にか友人は隣の部屋で寝ていた。

初めてだったのにな…。


一瞬、金属バットを振り回す父の姿を思い出した。

「ねえ、途中気持ちよかったでしょ？　すっごい濡れてたじゃん」

男が何かいろいろ話しかけてきたが、恵は眠くなった振りをして目をつぶった。

まったく、気持ちよくもなく、好きなタイプでもなかった。

ただ、中で動く感触だけがあり、動きが速まるのに合わせて「はあはあ」の声もどんどん荒くなる男が、少し怖くて滑稽だった、だけだった。

初めての経験に疲れたのか、恵はそのまま眠ってしまったらしい。

目が覚めた時、隣にいるはずの先輩の姿がなかった。

ゆっくりベッドから立ち上がり、他の部屋へ行ってみた。


突然、女の「あ~ん、いく~」という声が聞こえた。

男は、友人と二回戦をしていた。


目覚めたばかりの恵は、何が起こっているのかが把握できない。

声のする部屋を開けた瞬間、友人と目が合った。

「やだ、めぐ起きちゃったみたい」


男は恵を見ずに腰を動かしながら声だけを発した。

「もう少しだから、ちょっと待っててね。あっ」

「あ、あん、あ、先輩、私もうだめ~」

「おい、そんなにケツふるなや」

四つん這いになった女を男が後ろから突いていた。

男は、恵の時と違って、時々、標準語の中に方言が混ざっている。

男が思いっきり突く度に、パンパンと激しい音がしていた。

(やだ、不潔だ)

「あ、きて、きて、もっときて～、あ～ん、いきそう～ん」

友人は、恵と同じ年なのに、中年のホステスみたいだった。

男はパンパンという音を一段と激しくさせ、ますます勢いよく突き始めた。

「あ、あ、あ、あ、いや、あ」

(やだ、止めなきゃ。やめさせたいのに、声が出ない)

パンパンという音に混じって、ぐちゅぐちゅという音が聞こえる。

恵と違って、すごく濡れているようだ。

「あ、あ、いくよ、いくよ」

かけ声のような男の声と「あああ～」という叫びに近い女の声が絡まったところで、同時に果てたようだった。


「最低！　何してるの」。ようやく、声を出すことができた。

「ごめん、めぐ。そんなに怒らないで」

「だって君、寝ちゃったから。よ～し、じゃあ3人でするか」

「賛成～」

この人たち、何言ってるんだろ？

堀越って、こんなとこなの？

戸惑う恵の耳たぶを男が噛んできた。

「やだ」

「恥ずかしいの？」

そう言いながら、今度は胸をゆっくり揉み始める。

「やだ。やです。いやなんです」

「恵、先輩とできるチャンスなんてそんなにないんだよ」

「本当にやだ！　もう帰る！」

これが、青春の甘酸っぱさからはほど遠い、恵の処女喪失の想い出だ。

「カラオケ館」を見る度、思い出す

学校にも慣れてきたころ、恵は、屋上で克基と高史と弁当を食べていた。

「いい天気、気持ちいいなあ〜」

「そーいえば、やっぱ、俺がおごることになったじゃん」

「悪いね〜、克基」

「だから言ったじゃん、テストの点なんか、取る自信ないんだよ」

「ごちになります（笑）」

「私も、ごちになります（笑）」

「何がいい？」

「何かご馳走がいい」

「焼き肉？　寿司？」

「寿司〜‼」

「よぉ〜し、じゃあ、明日の放課後は竜也も誘ってこれで寿司だ〜」

高史がいつのまにか、克基の財布に入っていたゴールドカードを振り回していた。

「やった〜！」恵も喜んだ。

「ちょっと、俺のカードじゃん、返してよ」

「俺、じゃなくて、父の、だろ（笑）」

「…さっきから見てりゃ、随分楽しそうじゃん。生意気なんだよ」

ガッシャーン！

「何、すんだよ」

タレントなのに、1つ上の一般コースにいた佐藤江梨子が、友人と来ていた。

佐藤は、恵の食べていた弁当を思いっきり落とし、足で踏みつけた。

「何なんだよ」

「あんた、呼び出したのに無視しただろ」

「だから何だよ」

恵は、たまたま転がっていた画鋲を、佐藤の上靴にさした。

「いった〜い。ざけんな」

恵と佐藤は、とっくみあいになってしまった。

「いーぞ、やれやれ〜」

「もっとやれ〜」

男2人が、あおり始めた。

「くっそ、ふざけんな」

「てめえ、なめてんじゃねえぞ」

「こら～、何してるんだ。2人とも職員室に来なさい！」

騒ぎを聞いた先生が駆けつけ、恵と佐藤は、結局、職員室に正座をさせられてしまった。


恵の中で、ゆっくり何かが壊れ始めていた。純粋な夢を見ていた恵は、もういなかった。

それでも芸能活動は順調そのもので、16歳になったころ連続ドラマの出演が決まった。

ドラマの現場は、学校の延長のようで、ここでもまた、アイドルの男が連絡先を聞いてきた。

男は、恵の初体験の相手と同じ事務所に所属していた。

（また、あの事務所か…何かもうアイドルはやだな）

人気アイドルは、皆、あの男のように遊び人で傲慢なんじゃないだろうか？

恵の中で、初体験の想い出が、トラウマになっているようだった。

「ねえ、ピッチ（ＰＨＳ）の番号教えてよ」

「ああ、でも、私、あまり電話に出ないかもしれませんよ」

「いいよ。教えて」

男は、つるつるの肌で、女のようにかわいらしい顔をしていた。が、中身は格闘技が好きな骨っぽい男だった。

そして、強引だった。

「でも」

「いいじゃん。一度くらいご飯にでも行こうよ」

「う～ん」

「あ、俺もう行かなきゃ。早く教えて」

「えと、070-×××-××××です」

「サンキュ。連絡する」

男は、ボウリングに誘ってきた。

どうせあの男も汚れ腐っているのだろうと、半ばあきらめ気味だった恵だが、ボウリング、というのに、少し好感を持った。

実際、ボウリングは思ったよりずっと楽しく、普通の高校生になった気分でうれしかった。

「ねえ、この後どうする？　お腹は？」

「お腹は、そんなには」

「じゃあ、カラオケでも行こっか」

ボウリングの後にカラオケか…。恵は、何だか楽しくなってしまった。

「何か健全。いいよ、行こ」

街のどこにでもある「カラオケ館」の中に2人はいた。

「ちょっと何か食べようか」

「うん」

カラオケ屋とはいえ、食事のメニューもガッツリしたものから屋台で出てきそうなもの、デザートと豊富にある。恵たちの世代は、放課後、カラオケをしながらご飯を食べることは普通だった。

コの字型のソファーの端っこに座っていた恵が、飲んでいたアイスコーヒーを置いたその時、急に彼がキスをしてきた。

「あ、やだ」

「やなの？」

「ていうか、ここで？」

またキスをしてくる。

「ちょっと待って。歌わないの？」

「歌ってなんかいられないよ」

彼は、恵を壁に押しつけるように激しく何度も唇を押しつけてくる。

「苦しいよ」

「大丈夫」

そう言って、恵のスカートの中に手を突っ込み、ショーツの上から下半身を揉んできた。

「あ、やだ」

恵の、やだを、いい、と判断したのか、指でショーツ越しにゆっくり割れ目をなぞり始めた。

「あん」

「ねえ、濡れてない？」

「やだ」

男はショーツの中に手を入れ、愛液を恵の大事な部分にひろげながら、指の腹でゆっくりこね回し始めた。人に見られたらどうしよう、と思っていたら、なぜか余計に感じていたらしい。

恵のあそこは、思った以上にくちゅくちゅと音を立て始めている。

「やだ、恥ずかしすぎる」

「大丈夫」

男はいつの間にか、下半身を触りながらブラの中に手を突っ込み、直接乳首を弄《いじ》っている。

「あっ」

男は恵のショーツを足首までおろし、少し膝を開かせた。

剥き出しになったあそこをしつこく弄り始めた。

「あん、だめかも」

恵は、男の肩に体をあずけ、ただ弄られ続けていた。

「まだ、いっちゃダメだよ」

男は手を止め、鞄からコンドームを取り出した。

「あれ？　おっかしいな」

着けるのに、かなり手間取っている。

「大丈夫？」

思わず声をかけてしまった。

「大丈夫。ちょっと待ってね」

「うん」

7分くらいだったはずだが、もの凄く長く感じた。

気分がだんだん冷めてきたころ、男が中に入ってきた。

男は、あっという間にいってしまい、恵は取り残された気分だった。

(何となくシチュエーションは嫌いじゃなかったのにな、残念)

予想に反して、男との関係は5ヶ月も続いてしまったが、装着する時に決まって時間がかかったので、だんだん、いやになってしまった。

「カラオケ館」を見る度、何となくあの男のことを思い出すのである。

摂食障害と大好きな祖父の死

仕事が忙しくなると、当然、マネージャーと会う機会は増える。恵は、自分の体の倍ほどもある、この女マネージャーが苦手だった。

最初は、普通の関係だった。ある日、マネージャーの旦那と会うことになった。マネージャーは新婚だった。会話はどうということのないものだったが、恵はいつもお世話になっているマネージャーの旦那様ということもあり、丁寧に明るく接し、相手も普通に優しかった。自分の嫁が担当している子だから、きっと優しくしてくれたのだろう。本当にただ普通に親切なだけだった。

それが、マネージャーの目には、必要以上に媚びを売っているように見えたらしく、自分の旦那の態度も、いつもより優しく思ったようだった。

何のことだよ。わけわかんない。こえ～よ。大体あんたの旦那なんかタイプじゃねえよ。と、思ってるうちに、マネージャーの態度がどんどん高圧的になり、少し何かをミスしただけで、「私の言ってることが聞けないの！」と大声で怒鳴られるようになった。

だんだん、夜に眠れなくなってしまっていた。

理由もなく、急にひどく不安になり、息ができないほどになったりもした。

不安が解消できれば、と思い、家に帰ると料理を作るようになった。

「これ食べたいな」と思い、レシピ本を見ながらロールキャベツを作ったら、意外にうまくいった。

それからラザニアを作り、オーブンで作るポットローストと呼ばれる牛肉料理を作った。少し小腹が空く度に、味をいろいろ変え、パスタを作ったりもした。掃除とは違って、料理は恵の性に合っていた。

それでも、時々猛烈に襲ってくる不安の波は消えず、ついに不眠症になってしまった。「仕事に支障が出始めてはいけないから病院に行きなさい」とマネージャーに言われ始めた。

病院？　病院って、精神科のこと？　以前、カーレンジャーの撮影中にいじめられ、降板した時も、鬱にはなったけど精神科なんて行かなかった。どうしたらいいの？　悩んでいる間も、マネージャーからのパワハラは容赦ない。

私、まだ16歳だよ。力のある者が、弱い者をいじめるのはダメなことじゃないの？　忙しくなってきたのに、眠れなくなり、起きている間は、睡眠不足で頭が朦朧とすることが多くなってきた。ママに、必要以上の心配をかけたくない。恵は、11歳から親友ののんちゃんを頼った。

「のんちゃん、助けて。もうダメだ私。病院行かなきゃ倒れてしまうかもしれない」

のんちゃんは、必死に病院を探してくれた。同業者ののんちゃんは、もっと若いころから精神科に通う人も見ていた。芸能界で、精神科に通ったり、睡眠薬を飲んだりすることは、そう珍しいことではなかった。のんちゃんは病院を探してくれただけじゃなく、病院に一緒についてきてくれ、全力で支えてくれた。そして、恵はついに精神科に通院するようになった。

精神科では、デパス、パキシルなどの抗うつ剤や睡眠薬が処方された。

薬を飲みながら、多くなってきたグラビアの仕事をこなした。

精神は不安定だったが、仕事を遅刻したり、休むことはなかった。

グラビアの仕事で海外に行くことも増え、ひどく忙しい日々だった。

1kg増えたら仕事が減るシビアなグラビアの世界。代わりはいくらでもいる芸能界。

体重が増えないように、食べたいものもグッと我慢していたが、それでも顔に肉がついてしまう。

16歳という少女から少しずつ大人になるこの時期は、特に太りやすいからと言って、マネージャーは、恵に吐くことを強要した。朝会う度に「昨日はちゃんと吐いた？」と言われた。

恵はいつも吐くために、大量の水を用意し、食べ物の中に必ず麺類を入れた。麺類は、吐きやすい。人差し指に吐きダコができ、肌の色が黄色くなってきた。夏でも、異常に寒くてホッカイロを体のアチコチに貼った。鏡を見て「急に老けたな、私」と思った。

勉強はまったくしなかったが、どこか真面目なところがある恵は、マネージャーに言われるままに毎食後、吐いた。さっき体の中に入れたものが全部出るまで、吐いて吐いて、吐ききった。

栄養失調で頻繁に倒れるようになっても、恵は吐くことをやめなかった。

摂食障害を治す薬は、なかった。

悪いことは続く。恵の16歳の誕生日の日に、大好きな祖父が、死んだ。

このころ仕事が忙しすぎてほとんど家にも帰れなくなっていた恵は、死に目にも会えず、お通夜にも行けなかった。恵は、祖父の葬式の日になっても、葬式が終わっても、祖父が死んだことが、いないことが、まったく理解できない。

頭ではわかっていたが、気持ちが拒否していた。

葬式の日、親戚の幼い子が遊び回る姿を、ぼんやり見つめるのが精一杯だった。

生粋の職人だった祖父は、祖母と真反対の性格をしていた。ひどく繊細なところがあり、根を詰めて仕事をした後、自室にこもり、ひたすら酒だけを飲むという〝儀式〟を時々、行った。

誰に文句を言うわけでもなく、ただひたすらそうやってうっぷんを晴らしていたのだ。


「恵〜、おじいちゃんがこれ買ってくれたよ」

「あ〜、恵がずっと欲しかったものだ〜。ありがとうおじいちゃん」

恵がそう言うと、祖父はいつも「うん、うん」とうれしそうにうなずき、笑っていた。

「おじいちゃん、大好き〜、ありがとう」

まだ幼稚園児だった恵は、あぐらをかいている祖父の上にちょこんと座り、何度も振り返ってお礼を言った。

「ねえねえおじいちゃん、恵お小遣い足りなくて」

「じゃあ、また手伝ってくれたらお小遣いあげるよ」

小学生になった恵は、小遣いが欲しくなると、時々祖父の工場を手伝った。

人形の蛙の目や口を描いて、袋に詰めたら500円。

それは、実際に工場で働いていたママよりずっと割のいいバイトだった。

「おじいちゃんできたよ」

「うまいな、恵、才能あるんじゃないか」

「やったぁ～」


「一枚～、恵が風邪ひいたって本当なのか！」

「そうだよ」

「これで、店にある全種類の果物買ってこい」

「五万円も…こんなにいらないよ」

「早く、行ってこい～」


物心ついた時には父親がいなかった恵にとって、祖父は父親代わりだった。

欲しいものを買ってくれる祖父も好きだったけど、いつも黙々と仕事をしている祖父も大好きだった。ストレスがたまりすぎて、酒だけを飲み、骨と皮だけになった祖父を見るのはつらかったが、たとえどんな姿になろうとも、ただ生きていてほしかった。そこにいてくれるだけで心強かったのに。どうして、死んじゃったの？　おじいちゃん。恵をおいて、ママをおいて。何でよ。

今度は私が稼いで、おじいちゃんにいろいろ買ってあげる番じゃん。どうしたらいいの？

恵を本気で愛してくれていた祖父、安治。享年66歳。

祖父には、恵の花嫁姿を見届けてほしかったと、今でも思う。

祖父が亡くなった後、「学校どうしようかな」と思うようになった。

最近は仕事が忙しくて、なかなか行けない。たとえ行ったとしても、あくまでも放課後メイン。

このころは放課後、皆で集まったら、テーブルの上には煙草とビールが置かれ、たいてい、乱交パーティーのようになっていた。時々、クサ（大麻）を持ち込んで吸っている者もいた。処女がいないのは当たり前のクラスだったが、半分が枕営業をやっているようで、昼休みやご飯の時間は「あの社長はこれだけくれる。でもあの人はせこい。え〜、そんなにくれたの？私は少なかった」とか、教室は情報交換の場になっていた。学校に行く意味は、もうあまりなかった。

仕事に専念するために恵は堀越高校を中退した。

そして薬を飲みながら、食べ物を吐きながら、ひたすら仕事を頑張った。

一枚の血なのか、最後まで職人魂を貫いた祖父の血なのか、恵は働くことが嫌いではなかった。

仕事はいやではなかったが、それでも少しずつ仕事に行くのが憂鬱になっていった。マネージャーがとにかく怖かったからだ。

中年でとても太ったその女マネージャーの怒鳴りはだんだんエスカレートし始め、そのうち、言葉と一緒に背中をドンとどつかれたり、バシバシ叩かれたりとひどくなっていった。

撮影の仕事でバハマに行った時、マネージャーは恵にわざと熱湯をかけ火傷を負わせた。「カーレンジャー」の再来。怖い。あまりのひどさに思い詰めた恵は、ロケ先のバハマで飛び降りようとしたができなかった。もうそのころにはきれいな海にも空にも心が動かなくなってしまっていた。

薬は増える一方だった。

第三章

自殺未遂とサイパンでの結婚、夫の殺人事件

親戚たちには関わりたくない

耐えきれなくなった恵は、まず母に相談し、母は恵の火傷の跡を見てすぐに動いた。

恵の所属していた事務所は、芸能界のドンと呼ばれる会長の事務所の傘下《さんか》にあり、この会長と、マネージャーの太田と母と恵の4人を中心に数人で会議が開かれた。

母は、恵の代わりに会長に事情をすべて話し、その日にマネージャーはクビになった。担当マネージャーがやめたあと、恵には男のマネージャーをつけてということで、話が進んでいたようだが、疲れ切っていた恵は、「もういいです。私もやめます」と半分無意識のうちに口に出していた。そして恵も、そのまま事務所をやめてしまった。

CXが主催する「'99ビジュアルクイーン」に選ばれ、濱松咲《さき》として再始動した矢先の出来事だった。恵がやめた後、「フジテレビ ビジュアルクイーン・オブ・ザ・イヤー'99」のDVD発売記念イベントが秋葉原で開催されたが、当然そこに恵の姿はなかった。4人いるはずのビジュアルクイーンが3人しかいない。取材に来ていた記者たちがざわつき始めた。

イベントは、恵不在のまま、終わった。

雑誌『FLASH』が、そのイベントで起きた異変を記事にした。

恵は、記事の中で突然失踪したことにされていた。

「夢はハリウッド映画に出ることです」と元気に言っていた恵が、世間から消えた。

事務所をやめた恵は、家に引きこもるようになっていた。一日中、ぼーっと部屋の中で過ごし、時々、窓の外をぼんやり眺めていた。窓を開けると、隣のお兄さんがギターを弾く音が聞こえた。

別の部屋の窓から下を見た。

〝失踪騒動〟の真実を知りたい記者たちが、数人、恵がいつ出てくるかと待機している。

「きもい」

人の失敗の揚げ足を取って生活している人独特のいやらしさと意地汚さがにじみ出てる人たち。彼らは恵が光のある場所を歩いている時は、決して近づけない。仲よくしたくても相手にされることはない。

だから、その人が暗闇に落ちた瞬間にしつこくつきまとい始めるのだ。親身に相談に乗る振りをして、そのうち、「いい記事書くよ、有力者を紹介するよ」と言って、枕を強要してくる人もいるらしい。そんなのに引っかかったら最後、骨の髄まで飯の種にされるだけ。

今ごろ本当は、映画の撮影をしているはずだった。

テレビドラマ『ナオミ』に出演後、１９９９年の最年少ビジュアルクイーンに選ばれた恵は、将来を有望視されていた。事務所をやめた時も、東映映画の撮影中だった。撮影中の楽しい想い出ばかり思い出した。芸能生活は、前途洋々のはずだったのだ。なのに、なぜ、こうなったのだろう？

私は、こんなとこで何をしているのだろう…。

自問自答を繰り返すうちに、一日は終わってゆく。


祖父の死後、祖母の生活はますます派手になり、階下の祖母の部屋では週末の度に親族が集まって、どんちゃん騒ぎをしていたが、一枝も恵ももちろん誘われない。平日は平日で、恵がひとりになると決まって、階下から祖母の澄子が来て、祖父や一枝の悪口を言い始める。

お彼岸やお盆も、お墓参りに行くのに皆が集まった時は、わざわざひとりで留守番している恵に、「じいちゃんの墓参りに行ってくるから、ちゃんと留守番するように」と言い残し、恵を連れて行くことは決してなかった。

「めぐみ、お前のお母さんは毎晩どこで何をしてるんだい」

「ママは夜も仕事してるの」

祖父の死後、高い家賃を澄子に要求され始めた一枝は、また働きづめになっていた。

「どうだか！　結局、お前は皆に捨てられる子なんだね。私はもう家族だと思ってないし、この家をママと一緒に出て行ってくれない？」

昔から、祖父の安治は次女の洋子より一枝をかわいがり、さらに洋子の息子より恵を溺愛していた。

祖母・澄子は安治がかわいがらなかった洋子とその息子を溺愛した。澄子と洋子は、安治の死を願うようになり、家の中にははっきりと派閥ができていた。

安治がいなくなった今、一枝と恵は粗大ゴミのように扱われた。

大好きな祖父とママの悪口を言うやつは許さない。恵は、ひとり、戦い続けた。

それは、鬱病をすでに患っていた心身には、思った以上の打撃を与え続けた。

澄子のいやがらせは、日増しに激しくなった。ある日、人の悪口ばかりを恵に言ってくる澄子に耐えられなくなり、言い返すうちに口論となった。大喧嘩になった2人のところに一枝が仕事から戻ってきた。

「どうしたの2人とも」

「おばあちゃんなんか、嫌いだ。もう死んでやる！」

恵は、隠し持っていたカミソリを出した。

「死ぬ勇気もない癖に、カミソリなんか持ってかっこつけて。本当に死ぬ気なら誰もいないところで死んでくれる？」

その言葉を聞いた一枝が澄子に飛びかかったその時、

「手伝ってやろうか」

澄子が恵の腕をカミソリに押しつけ、切れた！

恵は、自分の部屋に駆け込んでしまった。

「今すぐ救急車を呼ぶから」と言った一枝の言葉を拒否し、自宅で応急処置のようなことをした。

今、救急車を呼べば、また大騒ぎになって、記者が一斉に来る。それだけはいやだった。

一枝は、澄子に文句を言おうと階下に降りたが、すべてのドアに鍵がかけられている。

「なんであんなことするの！　信じられない。何であんなことするのよー」ドア越しに叫び続けても、澄子は沈黙したままだった。

翌朝、一枝は恵をすぐに病院に連れて行った。そして、治療後、一枝のいないところで医師にすべてを話した。医師は恵の心を心配し、恵に力強いアドバイスをくれた。

病院からの帰り道、一枝は少しでも恵の気晴らしになればと思い、一緒に買い物をしてご飯を食べた。

一枝は恵の笑顔を、久しぶりに見た気がした。

家に戻ると、澄子と洋子、その奥に親戚一同がずらりと2人を待ち構えていた。

「お姉ちゃん、この子、頭がおかしいの？　お母さん怯えてるから。この家すぐ出て行ってくれない？」

「恵、あっち行ってなさい」

「親の資格ないね。娘を精神病院に行かせるような子に育てて」

負けちゃいけない。恵を守るのは私しかいない。何年かかっても、私が治すんだ。

その日から、一枝は、恵と同じ部屋に寝るようにした。徐々に食べ物を受け付けなくなった恵の頭は煙草の箱のように小さくなっている。無理に食べさせていたが、一枝が見てないところで吐いていた。心配でしょうがなかった。が、一枝は働きに行かなくてはいけない。

やはり、澄子を頼るしかない。一枝はまだ、どこかで澄子のことを信じようとしていた。

「冗談でしょ。気持ち悪いし、なんで私が面倒みないといけないの。こっちが頭おかしくなるから、一日も早く出て行ってくれ」

澄子の答えは、残酷だった。

翌日、澄子のところに集まっていた親戚一同が、上階に住む2人のところに押し寄せてきた。

「話を聞いたけど、恵を早く入院させろ。みんなに迷惑かけて楽しいか。恵！　お前、飯食わないんだって？　そんなに死にたいなら、どっかで飛び降りて来い！」

最低な人たち。一枝は怒りを通り越して、もう二度と関わりたくない。

一枝は、死にものぐるいで追い返した。

それから、親戚たちは、何度も2人の家に、勝手に上がり込み暴言を吐きまくった。

「死ぬこと」だけが、最大の望みだった

恵は、無気力になっていった。

「もう、死のう」

こんな人生は、いらない。死んだ方がましだ。お祖父《じい》ちゃんのとこに行きたい。

人がいないことを確認して、自宅の3階のルーフバルコニーから飛び降りた。

恵は…死ねなかった。

廃工場と化した祖父の工場の屋根にぶつかり、芝生の上に転げ落ちてしまった。横たわりながら家にいるはずの祖母に助けを求めたが、いくら呼んでも返事はない。結局、近所の人に発見され、救急車で運ばれたが、膝を骨折しただけで命に別状はなかった。

朝方、ダブルワークを終えたママが病院に飛んできた。

「恵、何やってるの」

「飛び降りた」

「何で」

そう言ったきりママは、唇をゆがめて黙りこくった。

ママは…泣くのを我慢していた。

退院後、また同じ場所から飛び降りた。

「死ぬこと」だけが、その時の恵の最大の望みだった。

結局…4回も飛び降りたのに…死ねなかった。

今度は、家の近くの雑居ビルの外階段を昇り、7階の高さから飛び降りた。

左肩と左膝を骨折しただけで、また、助かってしまった。

マタ　タスカッテ　シマッタ。

「お祖父ちゃん、恵を、死なせてください。そばに行かせて」

すでにこの世の住人ではなくなっていた祖父に、ひたすら祈った。


病院で、「助かったのは奇跡だ」と言われたが、そんなところで〝奇跡〟という言葉を使われても何もピンと来なかった。〝奇跡〟が起きてもうれしくないこともあるんだ、とぼんやりとした頭で思っただけだった。

あまりに何度も死のうとするので精神科病院に連れていかれた恵は〝境界性人格障害〟と診断された。

境界性人格障害＝人口の約2％に見られ、特に若い女性に多いとされるこの病気は、気分の波が激しく、感情が極めて不安定でよい・悪いなどを両極端に判定したり、強いイライラ感が抑えられなくなったりする症状を持つと言われている（なお、境界性人格障害は今は境界性パーソナリティ障害と呼ばれる)。

実際、芸能界は、精神を病んで苦しんでいる人が多く、中には亡くなる人もいる。子供のころから、恵は何人もそういう人をみていたので、病名を告げられてもさほど驚かなかった。病名がはっきりしたところで、病気が治るわけでもなく、退院後も今度は餓死で死のうとしたり、病院で出された薬を一気に服用したり、果物ナイフでお腹を刺すという自傷行為を、恵は繰り返した。

生きること、が、恵にとって何の意味も持たない時期だった。

だから勉強する意味もない。もう死ぬのだから、学歴もいらない。

澄子は、一枝と恵に、弁護士を使い、次々、書面を郵送してきた。階下から上階に次々と。

「水の音が階下に響く為、夜10時以降は、風呂、台所、洗面所、トイレのご使用はお控えください。犬の足音が階下に漏れ、澄子様は精神的に苦痛を味わっておられます。犬の処分を前向きにご検討お願い致します」

時に、非人道的な内容の通知が、一枝と恵が家を出るまでの、約2年にわたって続いた。

ナプキンと一緒に入っていたパスポート

友人たちが引きこもった状態の恵を心配し、交互に連絡してきてくれた。

「もしもし、俺」

「あ、竜也、久しぶり、だよね？」

「お前大丈夫かよ。みんな心配してるぞ。今度みんなで遊ぶんだけど、たまには来て、来て来て～？」

堀越の友人、藤原竜也から連絡があったのは、死のうとすることにも疲れ果て、暇を存分にもてあましていた長い夜のことだった。おどけて話す竜也がおかしくて思わず笑った。

「行くよ…」。そう言うのが精一杯だった。

年上、年下に限らず友人が多かった竜也の家には、よく人が集まっていた。

皆、何をするわけでもなく、ただだぐだぐだと話し、借りてきたＤＶＤを見たりして過ごしていた。

ひとつ普通じゃないことがあるとするなら、メンバーに芸能人が多いということだった。

芸能人といっても、普通の若者ではあったが。

「めぐ、この人、初めてでしょ。紹介する。まあ知ってると思うけど」

「あ、初めまして」

「初めまして」と、言って男は、ニコッと笑った。

男は笑うと目尻が下がり、少し皺《しわ》ができた。

トップアイドルだった男は、テレビで見た印象より、ずっと優しかった。

男は、初めから身内のような話しやすさがあり、それは恵には珍しいことだった。

恵が少し突拍子もないようなことを言うと、男はわざと顔を覗き込んできて、にらめっこのようにしばらく見つめ、耐えられなくなった恵が吹き出すのを楽しんだ。

帰り際、男は冗談半分の振りをして、恵の肩を抱き、そのまま自分の車に乗せて恵を家のそばまで送ってくれた。

その日から、恵と男は頻繁に会うようになり、恵は「死にたい」と口にしなくなっていた。

男は車を運転するのが好きで、よくいろいろなところへドライブに連れて行ってくれた。精神的に凄く参っていた恵を、身内のように心配してくれ、恵は男を兄のように慕った。男といるとひどく安心した。

男は有名なのに、よく一緒にディズニーランドへ行った。スプラッシュ・マウンテンに並んで順番を待っている時に恵が急に手をつないでも、ぎゅっと握り返し、自分のポケットに入れてくれた。今でもディズニーランドが大好きなのは、この男のおかげかもしれない。

男といるだけで、恵はひどく安心した。同じアイドルでも、恵の初めてのあの相手とはひどく違っていた。あの男も確かに人気のアイドルだったが、あの男より何倍も人気があるこの兄のような男の方が、人としても、男としても、魅力に満ちていた。

セックスは、車の中や野外が多かった。男は有名すぎて、ホテルを使うことには用心していた。我慢できず、ディズニーランドの駐車場でやったこともあった。狭い車内で男に抱かれていると、恵はだんだん幸せな気持ちを取り戻していくのがわかった。男は、顔だけでなく、はにかむような笑顔、繊細な指、どこをとっても少女漫画のヒーローのように美しかった。

普段は、優しい彼だったが、セックスになると少し強引になるところも、よかった。スリリングな場所を好み、彼は自分がレギュラー番組を持っているテレビ局のすぐそばの浜辺を２人で歩いている時、歩道の横の茂みに恵をいきなり押し倒したこともあった。

「こんなとこ、人に見られたら大変だよ」と言う恵の口を強引にふさぎ、その日に限って、いつもより深く舌をさしこみ、長く深いキスをしてきた。少しずつだが、恵の中にまた生きる気力が湧き始めていた。

満月の夜、部屋に差し込む月の明かりをたよりにマニキュアを塗り直していた恵は、急に海外へ行きたくなった。グラビア撮影で忙しかった日々が、もうずっと昔のことのように思え、懐かしさすら感じ始めていた。

突然、映画出演をドタキャンし、事務所や関係者に迷惑をかけ失踪したグラビアタレント。それが今の恵に対する一般的な世間の見方だった。事情通の週刊誌記者たちは、真実が違うことをわかっていたので、もう恵を追いかけ回すようなことはしていなかったが、どんなネタでもいいから出版社に持ち込んで金にしたい一部のハイエナのようなフリー記者たちが、しつこく恵の所在をかぎ回っていた。「持ち込んでも誰も買ってくれませんよ」と言ってあげたかったが、どこにいるかもわからないし、会うこともなかった。

もしかしたら兄のように慕い、恵を人生の窮地から救ってくれた彼とのデート姿も、とっくに写真に撮られ、すでに出版社へ持ち込まれているのかもしれない。でも、それが記事になることはないだろう。彼の事務所ににらまれた記者は、業界から消される。いや、もし本気で怒らせてしまったら雑誌自体が廃刊になりかねない。

彼は、その事務所の中でも特別な存在だ。もし失踪したはずの女と噂にでもなったら、たとえ「ただの噂です」ということになってもタレント生命に傷が付いてしまう。彼はトップに目をかけられている。恵は彼の事務所の所属タレント数人と親交があったが、彼との付き合いが深くなっていく度に、住居、給料、食事、その他様々な待遇が他のタレントと明らかに違うことを実感していた。彼は、泣く子も黙るあの大手芸能事務所の中でも、別格の待遇を受けていた。

マニキュアを塗り終えた恵は、しばらくの間、まん丸な月を見ていた。満月、フルムーン。フルムーン旅行。恵もいつか誰かと結婚するのだろうか？　つい最近まで、死ぬこと以外考えられなかった。

兄のような彼と出会い、ようやく安らげる時間ができたばかりだ。2歳で芸能界に入り、それから慌ただしくバタバタと過ぎて行った人生。砂時計の砂のように止まることなくさらさら流れてしまった時間。二度と戻ることのない青春の時。

仕事の都合で修学旅行も行くことができなかった。当たり前の、普通の生活なんてどうでもよかったから、行けなくても別に悲しくなかった。でも、結婚は？　普通の結婚。新婚生活。ハネムーン。子育て。愛情あふれる新築の一戸建て。兄のように安らげる彼。彼とだったら、きっと楽しいかもな…。

月に重なるように、彼の顔が浮かんで消えた。トップアイドルの彼と、この若さで結婚するなんて、それは宝くじに当たることより困難なことだった。まだ抗うつ剤も睡眠薬も手放せなかった。

結婚は、今の恵にとって、月より遠いもののように思えた。

その日、恵は自然に眠りについた。


カーテンが開けっ放しだったせいか、朝の光で自然に目が覚めた。枕元の目覚まし時計は8時ちょうどをさしていた。数ヶ月前の恵にとっては、就寝時間だった。体が少し戻ったのだろうか？

「ママ？　おはよう、ママ」

一枝を探したが、姿はなかった。そういえば、今日は朝から忙しいと言っていた。

物心ついた時から一枝のことをママと呼んでいた恵は、祖母や叔母に「お母さん」と呼びなさいと注意されても変わることはなかった。ママ、という呼び方を変える気は、一生ない。

恵は人に言われて、自分の癖を変えるのは絶対にいやだった。大人の常識につき合って、自分の人生を自分以外の者が代わりに送れるような人生になどしたくなかった。

大体、常識ってなんだろう？　常識を守ったら、お金持ちで幸せになれるというのだろうか？

幼いころから芸能界という世界で、いろんな大人を見ていた恵は、常識的な人間が必ず成功するとは思えなかった。

「ママ？」

（やっぱり、いないよね…）

急いでパウダールームへ駆け込み、洗顔料をいつもより丁寧に根気よく泡だてた。ホイップクリームのように少し堅めに泡だった洗顔料で優しく顔を包み込み、また丁寧すぎるくらい丁寧にすすいだ。

（パックは、いいや）

ママの化粧水を使おうとしてやめた。恵は、最近マツキヨで買ったばかりの豆乳の化粧水をたっぷり出し、顔や首筋に塗りたくった。それからお店のお姉さんに「日焼け止め効果抜群ですよ」と言われた新製品の乳液を手に取り、しばらくの間パッケージを眺めていた。

「やめた！」

全面鏡張りのパウダールームに、素顔の恵がいくつも映っている。

正面の鏡をじっと見つめた。

瞳に光が戻っていた。

恵の歯磨きは時間がかかる。奥歯用とその他の歯用、2本の歯ブラシを使って、さらに3つの歯磨き粉を使って、一本一本磨き上げてゆく。あまり時間がなかった。

歯磨きは、空港でしよう！

もしも今朝早く目覚めることができたら、南の島へ行こうと決めていた。

ママが気づいて止めても「行く」と決めていたのだ。

とりあえずの軍資金は必要だった。場所はわかっている。

ドレッシングルームへ行き、目に付いたTシャツとお気に入りのデニムのショートパンツをはいた。

それからミニタンスの一番下を開けた。無造作に突っ込まれていた一万円札を適当につかみ、携帯と一緒にそこらにあるバッグに入れて、ついでにしわくちゃのハンカチと電子辞書も投げ込んだ。

「あ、そうだ、パスポート」

最後に海外へ行って、まだそんなに経っていないのに、パスポートを最後に家のどこで見たのか思い出すことができなかった。

とりあえず寝室に戻り、ベッドの脇に置かれたチェストボックスの引き出しを全部開けた。

ない。

キッチンへ行き食器棚の引き出しを開ける。

ない。

どこ？　どこだよ。

「あ、やだこんな時に」

トイレに駆け込んでティッシュを当てると、赤い血がうっすらついた。

「こんな時に生理だなんて。あ〜あ」

生理用のショーツにはき替え、ナプキンを探した。

トイレの棚を開けてみたがナプキンらしきものは見当たらない。

「もう！」

棚の片方の扉を勢いよく閉めたらポーチが転がり落ちてきた。

「あっ」

ポーチは、生理の時に1日分のナプキンを入れて持ち歩くためのものだった。

祈るような気持ちでチャックを開けた。

「神様ありがとう！」

ポーチの中には2枚もナプキンが入っていた。

それから、赤いもの。赤いものって？

「嘘でしょ」

ナプキンと一緒に入っていたのは、恵のパスポートだった。

（何で、こんなとこに？）

掃除や片付けはあまり得意ではない恵だったが、さすがに生理用のポーチにパスポートを入れることはしない。

何で？　何で、何で、何でかわかんないよ。

思い出してもわからないことは、考えない主義だ。

生理にならなかったら、このポーチの中は絶対に見なかった。いや、予備のナプキンがあってもポーチを開けることはなかっただろう。

この数ヶ月、恵はひどい鬱の中にいた。普通の状態ではなく重病人だったのだ。普段しないようなことをしていてもおかしくない。そのうちのひとつが、この行動だったのだろう。

「どうやら神様は、私に行けと言ってるようですね。はい、行きます」

誰に言うともなく、大きめの声でひとり言を呟き、恵は自分の行動に大笑いした。

万が一、下の階からババアが上がってきて、恵の姿をこっそり見ていたら、「あいつはやっぱりおかしい」と大騒ぎすることだろう。

「大体、いつもいつも大げさなんだよ！」

今度は、階下のババアに向かって大声で叫んだ。

ママと離れるのは寂しいが、ババアと離れられると思うと未来がぱぁ～っと開ける気がした。

バッグを掴み、コートを引っかけ慌ただしく階段を駆け下りた。

電車で銀座に向かい、帝国ホテルの下のノースウエストで〝サイパン行き〟の片道切符を買った。12月の銀座。街はクリスマス一色になっていた。

プロポーズはある日突然だった

日本では睡眠薬を飲んでも眠れなかった恵だが、機内で熟睡してしまった。シートに腰掛けシートベルトをした瞬間に寝たのだろうか。着陸の衝撃で目が覚めた。今までの睡眠を取り戻したような爆睡ぶりだった。

着陸の前に雲の切れ間から青く澄んだ海を眺めるのが好きなのに、爆睡のせいで、空からの景色を何も楽しめなかった。

12月からサイパンは乾期に入る。乾期が続く6月まではスコールもあまり降らず、台風も来ない。最も過ごしやすい季節が始まる。サイパン国際空港の温度計は26℃を表示していた。

「あったかい。っていうか暑い！」

コートは、空港のトイレに寄付することにした。日本に戻る薄着の人が着て帰ってくれればいいと思った。

恵は旅人として来たのではない。

ここに住むつもりで来たのだ。

コートは不要である。

コートを脱いだ途端、肩の荷が下りたように軽くなった。

今日の格好は、真夏に池袋をぶらぶらする時と同じ服装だった。

だけど、ここは日本じゃない。

「あっという間に来ちゃったな」

タクシーに乗り込む。日本と違うのは、自分で開け閉めするところだった。

「やっぱり、もう日本じゃないんだ」

「Where to？（どちらまで）」

「え～と、Garapan!（ガラパン）」

タクシーの窓から見る景色が、どこか懐かしかった。

この前来たのは、グラビアの撮影のためだった。

あのころは、こんな風になるとは思わなかった。本当なら今ごろは〝ビジュアルクイーン〟として、また撮影で来ていたかもしれないはずのサイパンに、今はひとりで、高校も中退し、無職の、何者でもない、ただのひとりの日本人の女として来ていた。

恵はもう芸能人ではなかった。

もう二度とカメラマンに「かわいいねえ。う～ん、かわいすぎる」などと言われながら、カメラのシャッターをバシャバシャと切られることもないのだろう。

いろいろあったせいか、ひどく年を取ってしまった気分だったが、タクシーの窓に映る恵の顔は、やはり10代にしか見えなかった。

素顔のまま来てしまったので、今日の恵は余計に幼く見える。

2歳で芸能界に入り、17歳でやめることになってしまった。

物心ついてから、ずっと芸能界でしか生きていなかった恵が、今、芸能界という場所を離れようとしている。

(どうしてここに来てしまったんだろう。芸能界も日本も忘れる気なら、仕事で一度も行ったことがない場所にすればよかった)

車窓の風景が、見覚えのある街並みになった時、サイパンに来たことを少しだけ後悔した。

日本のじめじめした空気が耐えられなかった。

だから、南の島なら、どこでもよかったのだ。

サイパンを選んだことに、深い理由などなかった。

高校中退で無職。仕事は失踪。

それが今の恵の肩書きだった。

芸能生活が忙しかったため、勉強はまったくといっていいほどしていない。

高校のテストで取った最高点は、15点だった。

15歳で煙草を吸うようになり、初めてセックスをした。

あとは……。どんなに悲しい時でも、人前では、笑うことができる…。

だめだ、こりゃ…。

「あ、ハードロックカフェだ！　Stop! Please, stop stop!」

とりあえず、馴染みのあるハードロックカフェで、何かを食べよう。

恵は、サイパンに来て、日本では感じなかった空腹感を覚えていた。

それは恵にとって、少し幸せなことだった。


ハードロックカフェでハンバーガーでも食べようと思っていた恵は、不意にビーチに行きたくなった。

カフェの向かいにあるロコブティックという店で、水着とビーチサンダルを買い、試着室で水着に着替えてビーチへ向かった。

もうすぐ夕暮れになるビーチは、エメラルドグリーンの遠浅の海に白い砂浜が透けていて、絵のように美しかった。水着のまま、砂浜の上で大の字になった恵を、皆、笑いながら見ていた。

「やっぱり、ここにいた」

頭上から恵の顔を覗き込む人がいた。

逆さから見る顔に、見覚えはあった。誰だっけ？

「〇〇！」

「めぐ、久しぶり！」

「何で？　仕事は？　電話するって言ってなかった？」

「今日着くって言ってたから、多分ここに来るんじゃないかと思って。張ってたんだよ」

「ずっと？　ビーチで？」

「いや、本当はさっき来たとこなんだけど。本当に偶然、よかった会えて」

「本当に急でごめん。住むとこ早く見つけるし、ちゃんと家賃払うから」

友人の顔を見たら、急にひとりが心細くなってしまった。

仕事で一度しか来たことがない場所で、夜をひとりで過ごす勇気は恵にはまだなかった。

きちんとした仕事や住居が見つかるまでの間、友人の借りているマンスリーをシェアさせてもらうことにした。費用は2週間ごとに500ドル。日本円にして5万5千円。恵は、25万くらいしか手持ちがなかった。

一週間は、ガラパンでのんびりしようと決めていた。ビーチで遊んだり、ゆっくり買い物したりしながら、日本でついた垢をエメラルドグリーンのきれいな水で洗い流してしまいたかった。

病院からもらった薬は、すべて日本に置いてきてしまった。朝からビーチで過ごす毎日に、薬など必要なかった。

ガラパンに来て4日目の朝、恵は不思議な夢を見た。

夢の中で恵は、白いビキニで撮影をしていた。撮影はどんどん進み、最後の撮影シーンで恵はウエディングドレスを着ている。白い砂浜の上でなぜか、皆が祝福していた。夢はそこで終わった。

ガラパンに来て4日目の朝も、いつものようにすっきりと目覚めた恵は、朝からガラパンの街をぶらぶら歩いた。

通称ココナッツ広場と呼ばれる場所で、ベンチに座ってココナッツジュースを飲んでいるのが、「何だかウケるな」と思い、ひとりで笑ってしまった。

「Hey!」

「は～い！」

それがライノンとの出会いだった。

チャモロ人のライノンは、浅黒く彫りが深い精悍な顔をしていた。

（かっこいい）

恵は、初めて一目惚れというものを経験した。

ライノンも、恵に一目惚れらしかった。

グラビア撮影で、海外に行くことが多かったとはいえ、まだ英会話ができる、というレベルではなかった。

一瞬にして恋に落ちた2人は、自分の気持ちを伝えようと簡単な英単語やジェスチャーを一生懸命駆使した。

ビーチへ行き、話しているうちに夜になってしまった。

2人ともそれぞれの家へ帰りたくはなかった。

このままできれば永遠に一緒にいたかった。

後ろ髪をひかれる思いで、友人の待つマンスリーに戻った恵は、家に戻ってもライノンの笑顔ばかりを思い出していた。今日出会ったライノンがどれだけかっこよかったか、友人に話すうちに疲れて眠りこけてしまった。

また、昨日と同じ夢を見た。

夢の中で恵は、真っ白な砂浜と同じくらい真っ白なウエディングドレスを着て幸せそうに微笑んでいた。隣には男の人がいたが、後ろ姿だけで誰だかわからなかった。

目が覚めた時、恵は見た夢を何度も反芻《はんすう》し、夢の中の男がライノンならどんなにいいだろうか、と思った。

その日、ライノンと待ち合わせていた恵は、ライノンの腕の部分を見て、驚き、次の瞬間、うれしさで泣いてしまった。

ライノンの上腕に『濱松恵』と、彫られていたのだ。

チャモロ人は、純粋で優しく、心がまっすぐだと人に聞いた。

まっすぐに恵を見つめるライノンの目。もう離れたくなかった。

その日から恵は、ライノンの部屋で暮らし始めた。

2人の暮らしは経済的にはあまり楽ではなく、家につくやもりのようなゲッコウやウミヘビを捕まえて焼いて食べたり、自然の木になってるココナッツの実を落としてジュースを飲んだりした。貧乏だけど、楽しい毎日だった。2人でいられるだけでとても幸せだった。

ライノンはチャモロの情熱的な男らしく、毎日求めてきた。恵がそういう気分になれない日でも、強制的に上に乗ってきたが、決していやではなかった。

2人とも、もっともっと働いて将来のためのお金を貯めることにした。

忙しいけれど、とても充実した日々を送ることができた。

朝は早く起きて、8時にバイト先のビーチを開けた。ビーチではジェットスキーやバナナボートの用意をし、その足で免税店の売り子のバイトに入る。夕方からはローラーブレードを履き、ハードロックカフェのウェイトレスをやるという忙しさだった。幼いころによく遊んでいたローラーブレードがこんなところで役に立つなんて。何でも経験しておくもんだな、と心底思った。

「Will you marry me?（僕と結婚してください）」

プロポーズはある日突然だった。

「Sure!（いいわよ）」

はにかんだ笑顔で、恵に結婚を申し込むライノンに思わず抱きついてしまった。うれしくて、いつの間にか自分でもわからないうちに、恵は泣いてしまっていた。

死のうと思って何度も、何度も飛び降りていたあの日の自分。タイムマシンがあったら、過去に戻って「大丈夫だよ。幸せになるからね」と、うつろな目で寝たり起きたりを繰り返していたあの時の自分に言ってあげたかった。

「もしもしママ？　私、結婚するから」

久しぶりに聞く一枝の声が、懐かしかった。

あんたがそう決めたんなら、それがいいよ。一枝はいろいろ聞かず、それだけを恵に言った。

「おめでとう。恵、幸せになるんだよ」

「ありがとう、ママ」

一枝の声は、優しさに満ちあふれていた。

「アリガトゴザイマス」

ライノンの覚えたての日本語に一枝は小さく笑い、「おめでとうライノン。恵を幸せにしてください」と最後に言って電話は切れた。

結婚式は、サイパンからフェリーで20分ほどの珊瑚礁の海に浮かぶ小さな島、マニャガハ島で行われた。ライノンの親族が、2人の門出を祝ってくれた。既存のウエディングドレスが全部ぶかぶかで合わなかったので、結局、子供用の白いミニのワンピースを着た。

ライノンの親族は皆明るく、笑いの絶えない式だった。ガラパンより一段と透き通ったエメラルドグリーンの海と真っ白なビーチは、息をのむほど美しかった。

美しい風景の中で、笑いの絶えない結婚式。

懐かしい感じ。どこかで見たことがある気がする。

「あっ」

どうした？　と、ライノンが心配そうに恵の顔を覗き込んできた。

「ライノン、夢、私、これ夢で見てた。前に見たのとおんなじだよ」

「めぐみ？」

「ライノン、信じらんない。あの時の男の人、ライノンだったんだね」

「Happy?」

「うん、とっても。Very,very happy!　私、本当に幸せ」

恵は、この幸せ、普通の幸せが永遠に続くと信じていた。

ライノンが人殺し？

恵は、カフェよりもっと時給のいい射撃場のバイトに移ることにした。観光客用の射撃場は、いつも客で賑わっていた。

恵は、観光客にライフルの撃ち方を教える毎日。鼓膜が破れないように、ヘッドフォンは必ず着けた。サイパンは、日本と違って銃社会で、安全で平和に見えるガラパンでも、観光地以外の場所では、毎日のように銃声が聞こえ、誰かが倒れていた。

恵も、夜に少し離れたコンビニに行く途中で、窓の外に向けて銃をぶっ放す車とすれ違ったことがあった。恵は女だったから撃たれることはなかったが、もし男だったら今ごろ、銃に倒れていたかもしれない。サイパンの治安は、日本に比べるとまだ相当、悪かった。

サイパンは、チャモロ人が多く、チャモロ人の血は濃かった。

幸せな毎日の中でも、恵は、その血に悩まされ、振り回される時があった。

ある日の夜、その日は射撃場に大量の観光客が押し寄せ、恵はくたくただった。

シャワーを浴びた後、

「ライノン、疲れたから、今日はもう寝るね」

と、言ってベッドに入った恵に、ライノンは襲いかかってきた。

「ライノン、ライノン、今日はやめて」

「恵、どうして？　僕のこと嫌いになったのか？」

ライノンは、チャモロ語で、おそらくそんな内容のことをまくしたててきた。

「Megumi, I love you.」

恵の顔や首筋に、キスを浴びせるライノン。

「やめて！」

恵は、わざと日本語を使い、ライノンを突き飛ばした。

突き飛ばされたライノンは、ベッドから落ちてしまった。

「NO! ×○△□×○………」

顔を真っ赤にしたライノンは、恵に殴りかかってきた。

「やめて、やめてライノン。Stop, stop it!」

ライノンの火のような拳が、容赦なく恵に襲いかかる。

恵が動かなくなるまで、それは続いた。

「ライノン…もう、やめて…」

ライノンにぶたれる度、恵は痛い、というより熱い、と感じていた。

熱い、熱い、熱いよライノン。

あちこちが火を押しつけられたように熱かった。

そして、それはだんだんと激しい痛みに変わっていった。

恵は、痛さで意識を失ってしまった。


「Megumi?」

恵を優しく呼ぶ声で、ゆっくりと目を開けた。

物が二重に見える。焦点がなかなか合わせられない。

夜？　朝？　どこ？　誰？

「Megumi?」

声の主はライノンだった。

「ライノン？」

「Megumi, sorry, sorry, I love you.」

ライノンが恵をぎゅっと抱きしめた。

「痛っ」

恵の全身は腫れ、風が当たっても痛い。

「ダイジョブ？」

この日のライノンは、特別に優しかった。

「大丈夫、ありがとう」

昨日の夜のことを恵は考えていた。

ＤＶ？　あれはＤＶと言われるものだったんだろうか。ＤＶをする人間はその後優しいと聞いた。

ライノンが、ＤＶ男？

体だけじゃなく顔を動かすだけでも激痛が走る。

その日から数日、恵は何をするわけでもなくぼーっとして過ごした。

その間、ライノンはずっと優しく、恵のことを甲斐甲斐しく看病してくれた。

時々、冗談を言って恵を笑わそうとしたが、恵は痛くて笑えなかった。

ライノンの目に映る恵の顔は、おそらくずっと無表情だっただろう。

そのうち、ライノンの顔からも表情が失われていった。


恵の体の痛みがなくなってきたころ、もっと大きな事件が起きた。


ライノンが友人と銀行強盗をし、警備員を殺してしまったのだ。

「ライノンが、人殺し？」

最初、家に来た警察官からその話を聞いた時、恵は意味がわからなかった。

取り乱してなかなか冷静に話を聞けない恵に、警官は何度も落ち着くように言った。

人殺しが、日常茶飯事のサイパンでは、銀行強盗をして警備員を殺す、ということは、それほど大きな事件ではない、というような雰囲気だった。

殺された警備員にも家族がいて、愛する人もきっといたはずだ。

人がひとり亡くなっているのに、皆、事務的だった。

チャモロ人は、自分の目的を邪魔する者のことを決して許さない。

ライノンは、銀行強盗に入った時、止めに入った警備員を勢いで殺してしまったのだろう。

それは、ダメ。ダメだよ。人を殺すのはルール違反だよ、ライノン。


人の大切な命を奪ったライノンに下された刑は、9年、だった。

国によって考えが違うのは当たり前。

それぞれに歴史があり、文化がある。

頭では理解しようと頑張ってみたものの、恵にはどうしても無理だった。


「ママ元気?」

「どうした恵?　ライノンと喧嘩でもした?」

「ライノン、人、殺しちゃったよ…」

「………」

「銀行強盗に入って、警備員さん殺しちゃったよ」

「…帰っておいで、恵」


当然ながら、サイパン国際空港のトイレに、恵が置いてきたコートは跡形もなかった。

あれから、半年以上の月日が流れていた。

日本に戻っても、そろそろ暖かくなる時期だ。どのみち、コートは必要ないだろう。

空は、気持ちいいくらい、澄んでいた。

帰国する機内で、恵は一睡もしなかった。

いつまでも、いつまでも、遠くなっていくエメラルドグリーンの海に囲まれた島を、ずっと見ていた。豆粒のようになって、最後に点になり、まったく見えなくなるまで、ずっと見ていた。


さよなら、サイパン。さよなら、ライノン。

いろいろあったけど、幸せだった。

ありがとう…。

携帯を開けて写真を見た。

子供用の白いドレスを着た恵が、子供のように笑っている。

無邪気に、無垢に。

第四章

バイトの日々、同棲・出産、大御所との一夜

日本に帰国

日本に帰国した恵は、まるで憑きものがごっそり落ちたように、すっきりしていた。

サイパンへ行く前は、精神科から処方された薬を飲まないと、外出すらままならなかったのに、今は、どこへ行くのも平気だった。

一枝に心配をかけた分、早く働いて安心させたかった。

駅の中で無料の就職情報誌をゲットした恵は、コンビニで履歴書とボールペンを買い、目についたマックに入った。

「ポテトのSと…お水、いや、やっぱりホット珈琲のSください」

さっさとバイトが決まれば、とりあえず小金は入る。これくらいはお金を使っても大丈夫だ。

恵は、大好きなコーヒーを飲みながら、買ったボールペンで就職情報誌に印を付け、履歴書を書いた。

堀越高等学校中退。それが、恵の、最終学歴だった。

ちょっと前まで、誰にも電話ができないほど鬱気味だった恵は、もうどこにもいなかった。

「トゥルルルル〜」

めぼしい会社に電話しようとしたその時、電話が鳴った。

「ビックリした〜、誰だよ。はい、もしもし〜」

「もしもし」

電話の声を聞いた途端、懐かしさで一杯になった。

「え、もしもし？」

「久しぶりだね。お母さんに聞いたけど、サイパンに行ってたんだってね」

「はい。結婚までしちゃって。で、別れて戻ってきました」

「そうか…どこにもあてがないなら戻ってこないか」

「どこにですか？」

思いも掛けぬ言葉に、てんぱって変なことを口走ってしまった。

「今までのように芸能界で順風満帆《まんぱん》というわけにはいかないかもしれないが、また所属するか？　2歳から芸能界しか知らないんだ。この世界でしか無理じゃないのか」

「…ありがとうございます。でも今アルバイトも探してて、食べていかなきゃいけないから」

「そうか」

「所属しても、アルバイトはしていいですよね」

「いいよ。じゃあ、忙しそうだから、また」

「あ、本当にありがとうございます。よろしくお願いします」

電話の主は、2歳から14歳まで恵が所属していたクリエートジャパンエージェンシーの社長だった。恵はこの社長のことを本当の身内のように慕っていた。2歳から恵のことを知っている社長には、何でも自由に話せた。芸能界で何でも話せる人というのは、とても貴重で、そういう人と巡り会うのは奇跡に近かった。

男のメジャーデビューと恵の妊娠

恵は空いた時間全部に、テレホンアポインターのバイトを入れた。

それから、もっと時給のいいエステティシャンやマクドナルドのアルバイトの受付・面接、歌舞伎町で保育補助をやったり、変わったところでは借金の取り立て屋で働いたりもした。その貸し金屋は、いわゆるトイチと言われるところで、堅気じゃないような人もたくさん出入りしていたが、皆、恵には優しかった。

芸能の仕事を離れて、普通に働くのは、思いの外、楽しかった。アルバイト先の人は皆、優しく、本来、体を動かすことが好きな恵は、どこに行っても重宝され、優遇されることが多かった。

恵のアルバイト生活は、予想を超え、順風満帆に過ぎていった。何より、恵はまだ19歳、若かった。

朝から夜まで、掛け持ちで仕事に精を出していた恵は、バイトが夕方までで終わるというある日、友人に誘われ池袋に出かけた。友人と一緒にご飯を食べようということになり、本当なら地元に近い川口か大宮にしようと思っていたが、なぜか友人に新宿に誘われた。

「ねえ、めぐちゃん。ちょっと、ご飯の前に一緒に見に行かない？」

友人は最近、2人組の路上ミュージシャンにはまっているらしく、今日も新宿にした理由は、恵をそこに連れて行こうと思っていたからだった。

「あそこだよ」

ただでさえ人の多い駅前に、人だかりができている場所があった。

路上ミュージシャンとはいえ、すでに2人は秘かに人気があった。

「もっと近くに行こう。めぐ、早く！」

友人に腕を引っ張られ、恵は勢い余って、その2人組の真横に来てしまった。

一瞬の静寂の後、次の曲が始まった。

男のうちのひとりが歌い始めた瞬間、声が、恵の中にまっすぐ入ってきた。

「かっこいい〜」

友人は、常連らしくリズムにのって体を揺らし始めている。

恵は…そのまっすぐな声に驚いて、ただぼーっと立ち尽くしてしまった。

歌っている男のことを、一目見てかっこいいとか、仲よくなりたいとか、そういうことは何も思わなかった。

ただ、その声を、無視することができなくなってしまっていた。

それは味わったことのない、不思議な感覚だった。

「ねえ、どう？　よくない？」

「うん。うまいね」

友人の呼びかけに、そう返すのが精一杯だった。

「かっこいいでしょ。最後まで見ていい？」

「うん」

彼が歌う声が、どんどん入ってきて、体全体を占領されていきそうだった。

だからといって、彼のことを好きになった、というわけではなかった。

演奏が、終わったらしい。

「ねえ、一緒に行こ」

友人に腕を引っ張られ、恵は、さっきまで歌を歌っていた男とぶつかりそうなほど近くに立ってしまった。

「あ、すいません。お疲れ様でした」

反射的に、男に声をかけた。

男は、恵に向かって笑顔でうなずいた。

それを見ていた友人が、恵と男の間に割って入ってきた。

「あの～、私、ずっとファンで。よかったら、一緒に写真撮ってください」

「いいっすよ」

友人と男が並んで写真を撮った。

「めぐちゃんも記念に撮ってもらいなよ」

流れで、男と恵は写真を一緒に撮ることになった。

「ねえ、よかったら一緒に撮った写真、こっちにも送ってくれる？」

「あ、もちろんです」

男と番号を交換するという幸運に恵まれた友人は、飛び上がらんばかりに喜んでいた。

「あ、そうだ。そっちの彼女も番号教えて。またライブあったら教えるから」

「いいですけど…」

友人を見たが、自分が番号を交換した喜びで、恵と男が番号を交換することなど、どうでもよさそうだった。

恵は、さっき自分を占領しそうになった不思議な声の男に、番号を教えた。

男は、その日から毎日、電話をしてきた。

最初は、友人に悪いからと、デートに誘われても断り続けていたが、一日一回だった電話が、一日二回になったこと、そのあまりの情熱的な態度に根負けし、男のライブと、恵のバイトが同じくらいに終わる日に、ご飯に行くことになった。

男とは同世代ということもあり、当たり前だが、同じ日本人で、意外に話が合い、何よりとても気が楽だった。男は情熱的な反面、繊細で優しい面もあった。

路上でライブをする度に、ファンは増え続けていたが、男は、会う度に恵のことが大好きだと言い、恵もだんだん、男と一緒にいるのが自然なことのように思い始めていた。

そのうち、男と恵は、恵の実家で暮らし始め、恵は、男のために弁当やご飯を作り続けた。

2人とも、若かった。

一緒に暮らし始めて数ヶ月が経ったころ、男は、メジャーデビューした。

デビュー曲は、スマッシュヒットし、若い2人は、家でささやかなお祝いをした。

男が、メジャーシーンでも人気者になり始めたころ、恵の中に小さな命が宿った。

それを告げた日、男は飛び上がらんばかりに喜び、帰りに恵が花の中で一番好きなかすみ草を買ってきてくれた。

男はだんだん、忙しくなっていったが、夜は必ず恵のもとに帰ってきていた。たとえ夜中になっても、朝方でも、恵に会うために必ず一度は顔を見に帰ってきた。

彼が、夜中に帰ってくることが続いたある日、ババアが雇った弁護士から内容証明が届いた。一枝の母であり、恵の祖母であるババアは、祖父が亡くなった年を境に、一枝と恵母娘を実家から追い出したがっていた。遺産であるこの家を2人に取られると思っていたのである。

ババアは、追い出すきっかけをいつも狙っていた。理由は、何でもよかった。

内容証明がきっかけだったのか、マタニティーブルーか、理由ははっきりしなかったが、恵はひどい情緒不安定になり始めた。

男は、忙しくなってきていたが、仕事が休みの時は、恵のためにご飯を作り、部屋にはかすみ草を絶やさないようにしてくれていた。恵が、不安になって、男に意味不明のことで怒ったり口汚く罵っても、恵を抱きしめ優しく支えてくれた。

ある日、恵の情緒不安定状態がピークに達し、恵は男に包丁を投げたり、男が大切にしているギターを壊したりしてしまった。「こんなことをしてはだめ。私は何をやってるんだろう」と思いながら、恵は男の悲しそうな顔を見ても、自分を止めることができなかった。

それから、度々、恵は大暴れするようになり、妊娠して6ヶ月経った朝、恵が起きた時、男は出て行った後だった。

恵は、大きくなったお腹で、家のあちこちを探し、男の荷物がごそっとなくなっているのを確認した後も、男の名前を呼び続けた。

「どこに行ったの？　もう、死んでやる」と最後に大声で叫び、それからまったく動けなくなってしまった。

トイレに行く以外、恵は一日中、カーテンが閉め切られた部屋で、壁に貼られた幽遊白書のポスターをみていた。

数時間か、数日間か、もしかしたら数ヶ月間経ってしまったのか、まったくわからなかった。お腹の子供が欲しがるのか、お腹だけはやたらと空き、とりあえずキッチンへ行き、冷蔵庫の中のものを漁って食べた。空腹が満たされれば、何でもよかった。

夜が何回来ても、男は帰ってこなかった。

恵は、男の携帯に毎日のようにメールした。男の返信は、いつも「ごめん」の一点張りで、2人の愛の巣に、男が戻ってくることは、二度となかった。

見かねた一枝が、男の実家に連絡し、男は「子供の責任は取る」と言っていたが、連絡はそれっきり途絶えた。

お腹の中の子供が、女の子だということがわかった日から、男は子供の名前を毎晩考えていた。ある日、コピー用紙の裏に、杏里、と書いてうれしそうに壁に貼った。

男が出て行った後、恵は、男のことを本気で好きだったんだと思った。それは今まで出会った他の男には抱くことがなかった〝絶対に失いたくない〟という感情。去る者を追わなかった恵が、初めて、追いすがってしまった。待つことが嫌いだったのに、男の帰りを待ち続けた。

彼のことは、決して忘れることはないだろう。彼が残していたデモテープ。あの日、恵を占領しそうになったあの声。恵が全身で愛した彼は、もうここにはいない。

そんなことはお構いなしに大きくなり続けているお腹の子に、彼の歌を聴かせた。

出産と、3ヶ月だったSとの関係

2004年6月14日、恵は2400gの小さなかわいらしい女の子を出産した。

女の子は、杏里《あんり》と名付けられた。生まれたばかりの我が子を抱いた瞬間、恵は、自分の命に代えてもいい、と思わずにはいられなかった。

「この子の生活を守るためなら、何だってする」と、決心した。

「死にたい」と思っていた気持ちは、もうどこにもなかった。

出産から戻った恵と母の一枝、娘の杏里を待っていたのは、裁判所からの通知書だった。

3年も続いていた裁判が終わり、祖母、澄子からの裁判申立書で、とにかく恵たち親子3人は、急いで実家を出て行かなければならなくなった。

出産を終えたばかりの恵にも新生児の杏里にも、それは酷な話だったが、裁判所からやってきた人たちは非情で、いかなる理由があっても、聞く気などなかった。

産後すぐの体で、恵は引っ越しの荷造りを始めなければならず、これからの自分たちの生活のことを考えたら不安な気持ちに駆られることもあった。だが、杏里の元気な泣き声がする度に、ハッとし、何度も「頑張るぞ」と、自分自身に言い聞かせた。

ようやく荷物を積み終え、自分の車に乗り込んだ一枝は、数十メートル離れたところで車を止めた。

「一枝、頑張ってこの家で恵を育てるんだぞ。俺からのプレゼントだ。自分たちの部屋、好きに設計していいからな」

…お父さん。

そして、もう一枝と恵のものではなくなってしまった家を、見た。

一枝は助手席の恵と目が合った。あの家であった出来事が嘘のように2人とも晴れ晴れしている。

一枝は、笑顔で、車を発進させた。

即入居可という、埼玉県T市のマンションが、巣箱から飛び出た3人の新居だった。家賃は16万円と高めだったが、急いで引っ越す必要があったため物件を見てまわる余裕などなかった。引っ越しにかかった費用は痛かったが、実家でババアにいやがらせをされ続けるのは、もうごめんだった。「杏里のミルク代とおむつ代だけは、何があっても稼ごうね」というのが、このころの一枝と恵の目標だった。

引っ越した日から、恵と一枝は毎日入れ替わるように働き始めた。

恵は毎日、5時に起床し、朝の7時から夜の9時まで、駅前の喫茶店、パチンコ屋、丸井の水着販売を掛け持ちして働いた。一週間に6日のペースで朝から夜までびっちり働き続けた。恵が家に帰ると、一枝は銀座へと出て行く毎日。

杏里は、人に預けず、母娘2人で面倒を見た。自分の時間などほとんどない恵だったが、このころの恵は心身ともに元気だった。それは杏里を育てる責任感からくるものなのか、あの地獄のようなババアの家を出たからかはわからなかったが、そのどちらもが理由のような気もしていた。

時々、所属事務所から、芸能の仕事の話もきたが、アルバイトが忙しくて断らざるを得ない状況だった。

恵は、まだ21歳だった。


友人に誘われてもバイトが忙しくて遊べない日々。恵の中にストレスのようなものがたまってきていた。どんなにストレスがたまっても、杏里に当たるのだけは、絶対にいやだ。そう思っていた恵は、ストレスを解消しなければ、と思い始めた。朝から夜まで働いて、帰ってからは子育ての毎日。21歳とまだまだ若い恵には、少々大変な毎日だった。

そんな時、一通の手紙が、恵に届いた。

手紙はパーティーの案内状で、恵が出演した大河ドラマの同窓会のようなもののお知らせだった。いつもなら、パーティーに行ってる場合じゃない、と無視する恵だが、この日は「行きたい」と思った。

パーティーは華やかなホテルで行われる。おいしい食事も出る。久しぶりにおめかしして、出かけたいという気持ちもあった。ママにお願いし、恵はパーティーに出席することにした。

都内の有名ホテルで行われたパーティーは、思った以上に煌《きら》びやかで、恵の心を弾ませた。このドラマに出た時、まだ10代前半だった。ウブだった。

共演者は、皆、恵よりずっと大人で、誰も彼もが、本当にかわいがってくれた。

「めぐちゃん、久しぶり。大人になったね」

誰に会っても、皆、恵のことをあのころのように優しく迎え入れてくれた。

恵は、とっくに大人になっていた。大河出演後、海外で結婚と離婚を経験し、帰国後、結婚した男とは別の男の子供を出産、シングルマザーになったばかりだった。

自分の現状をどこまで話したらいいかわからず、聞かれた時は正直に言った。

「子供だったのにねえ」と驚く人もいたが、芸能界で、結婚、離婚、シングルマザーというのはどれも珍しいことではないので、皆、それより昔懐かしい話に花が咲いた。

会場には、当時大好きだったSさんも来ていて、今も同じようにかっこいいままだった。

Sさんに連絡先を聞かれ、交換しただけで恵のストレスはかなり吹き飛んだ気がした。

会場の中で、他の人と話す時も、知らず知らずに目で追いかけてしまっていた。

本当にいろんなことがあったな。華やかな会場で、恵は、昔の自分を思い出した。

(もう2度と、こんな場所には来られないと思っていた)

あの失踪騒動から、4年の月日が経過していた。

「めぐちゃん、久しぶりだね。大きくなったね～。今日どうするの？　僕のとこに遊びに来る？」

大御所の俳優が話しかけてきた。恵は俳優としての彼をとても尊敬していた。俳優は、恵にとっては父以上に年が離れており、部屋に呼ばれても何の警戒心も持たなかった。それどころか、尊敬する人の話が聞けるんだ、と思いうれしくなった。

「あ、行きます、行きます（笑）」

「そう？　じゃあ、今晩待ってるね。部屋はこの上に取ってあるから」

「はい。よろしくお願いします」

久しぶりの華やかな場所は、恵を必要以上に浮かれさせた。

「失礼します」

俳優は、大御所らしくバスローブで恵を迎え入れた。

「いらっしゃい。よく来たね」

「ありがとうございます」

「どうする？　好きなもの食べる？」

「はい！」

俳優は、ルームサービスで恵の好きなものを頼んでくれ、恵はひとり用のソファー椅子に座って、それを食べた。20歳を過ぎていたので、お酒も飲んだ。

「めぐちゃん、牛乳は飲まないのかな？　嫌い？」

俳優は、自分の鞄から何かを取り出した。

「ねえ、カルシウムの検査してあげる」

「…はい」

俳優が手に持っていたのは、脚気《かっけ》棒（打腱器）だった。

「ちょっといい？」

まず、棒で膝のあたりを叩かれた。

「いた」

「痛いの？　ダメだね、じゃあここは？」

くるぶしをトントンされ、それから鎖骨を叩かれた。

「あ、どっちも痛いです。結構、痛い」

「痛いんだ」

と言った俳優は、脚気棒を置くと恵にキスしてきた。

驚いたが、大御所を突き飛ばすわけにはいかない。いや本当は突き飛ばしてもいいのかもしれないが、部屋に来た自分にも責任がある。タイプじゃない男とするのは極力避けてきた恵だったが、腹をくくった。

ベッドに誘導され、俳優は上に乗ってきた。

セックスの最中も、脚気棒を取り出してコンコンやられたらどうしようかと思っていたが、その心配は杞憂だった。わりと普通にことは進んだ。ただ、上に乗られている間中、汗が凄くて少し身震いがした。

終わったあと、お風呂に入ろうとしたら、「ちょっと待って」と言われて、また脚気棒であちこち叩かれた。痛がる恵を、俳優はうれしそうに見ていた。

その工程を2回繰り返しているうちに、朝になってしまった。

ストレスを解消しに行ったはずが、別のストレスがたまってしまった。

翌日、俳優からは電話がかかってきたが、迷ったあげく出なかった。

俳優とは、それっきり音信不通である。

ほどなくして、パーティーの時に連絡先を交換したSから連絡があった。Sから食事に誘われた恵は、柄にもなく舞い上がってしまった。

恵のバイトが休みの日に、会うことになった。

Sはいきつけのレストランに連れて行ってくれ、恵は、久しぶりにコース料理を食べた。「おいし〜い、何これ、何ですか」思わず声が出た。ママと娘にも食べさせてあげたい。恵の様子を見てSが笑っている。

かっこいい～。やばい。親子ほど年が違うはずなのに、恵の中ではかなりアリだ。いや、アリとかの問題じゃなくて、抱いてください。もう、どうにでもしてください、だ。

理想を絵に描いたような人が、目の前で笑っている、食べている、たくさん話して、しかも面白い。非の打ち所があるのなら、誰か教えてほしい、と顔に見とれていたら、「今日は楽しかったよ。ありがとう。おいしかったみたいでよかった。そろそろ帰ろっか」と言われた。

「えと、あ、はい。本当においしかったです。ごちそうさまでした！」

やっぱ、帰るんだ、残念。恵は心の中を見透かされたくなくて、必要以上に明るく別れた。

Sはとにかく紳士だった。海外に挑戦したい、と言っていた。徹底的なレディーファーストで、海外に行ってもきっともてるんだろうな、と思った。

そのSがまた食事に誘ってくれた。話が盛り上がり、そして…今度は、抱かれた！

この前まで地元の田舎で、ただ家とバイト先を往復する毎日だったのが嘘のように幸せだった。Sは顔だけでなく、鍛え上げた体も脂肪ひとつなく美しくシェイプされていた。口でしてほしいと言われた時、あまり口でするのは好きじゃないと正直に伝えた。Sはすぐに「ごめん」と謝ってくれ、「いやなことはしなくていい」と言って、優しく恵を抱きしめた。永遠に時が止まってほしい、と思った。

終わった後、2人でベッドに寝ていると、突然、Sが話し始めた。

「恵ちゃん、俺、バイなんだ。だから恵ちゃんみたいな女の子も好きだし、男も好き。わかる？」

「…はい」

「ごめんね、驚かせた？」

「はい。でも別にいいと思います（かっこいいのには変わりがないから）」

「海外の方が、自由でいいよね」

「私も、絶対の絶対、そう思います！（笑）」

彼がバイであろうとゲイであろうと、もうどうでもよかった。

Ｓとの関係は、わずか３ヶ月だったが、恵にとって束の間の幸せな時期だった。

第五章

アイドルやアスリートとの恋、芸能活動再開

謎の高熱と、2つ上のアイドルとの別れ

恵は23歳になっていた。

相変わらず、バイトに明け暮れる忙しい毎日だったが、寝返りからハイハイ、そのうちひとりで立って歩けるようになった杏里の成長する姿がうれしくて、毎日が充実していた。

この年、恵たち家族は、同じ埼玉県内で念願の引っ越しをした。家賃は12万円に下がった。お金は、なるべく杏里のために使いたい。たとえ裕福じゃなくても、娘に不自由な思いをさせるのはいやだ。祖父や母が自分にしてくれたように、娘にも精一杯のことをしてあげたかった。

このころのアルバイト先は、パチンコ屋はそのまま続け、週に5日のペースで地元温泉施設の受付、空いた時間に歯科助手、土日はテレホンアポインターの仕事を入れた。相変わらずフル稼働の毎日だったが、本来働くのが好きな恵にとって苦ではなかった。

働いても働いても、母娘3人の暮らしは、いっこうに楽にならない。

恵と一枝は、家計全般を見直すことにした。銀座で働く一枝は、確かに実入りがいいが、帰

りのタクシー代など出て行くお金も多い。恵は確かにフル稼働していたが、田舎のバイト代は限度があり、１ヶ月に20万円ももらうことはまれだった。

安くなったとはいえ、今の濱松家にとって12万円の家賃は、まだ高い気がした。恵が育った祖父母との二世帯住宅は新築の上に４ＬＤＫの広さがあった。一度いい暮らしを覚えた人間は、なかなか生活のランクを落とすことができないという。いつの間にか、一枝も恵もそうなっていたのだろうか。

実家を出て最初に住んだマンションは、埼玉の田舎なのに、16万もした。そして今は、それより少し安くなっただけ。もっと節約するためには、まず、家賃の安いところに引っ越し直す必要があった。

引っ越しを頻繁にすると、引っ越し貧乏に陥る。初期費用があまりかからない家賃の安い家を、恵は探し始めた。

恵が節約を考え始めた矢先、一枝が、友人を助けたことで、濱松家にはいよいよ金がなくなってしまった。今度は、家賃を払うのが困難になってしまい、引っ越しを余儀なくされてしまう。

田んぼの真ん中に、その建物はあった。３ＤＫで5万円という物件は、母娘3人で住むには申し分なかった。3人は、見渡す限り田んぼしかないような場所に引っ越した。恵は週5のバイト先を東京のエステに変えた。

時給が1300円と高かったのがバイトを変わった理由だった。土日は、和民にバイトに行き、こちらは1000円だった。ここは、店長が友人だったので、気が楽だった。引っ越したものの、新居には、テレビも冷蔵庫もなかった。家賃はぐんと安くなったが、金に追われる日々は変わらないままだった。

そんなある日、恵は39℃の高熱を出し、倒れてしまった。すぐに病院に行ったが、調べても原因がわからず、39℃から40℃の高熱が、3ヶ月も続いた。結局、総合病院を3つも転々とし、あらゆる検査や入院をしたが、原因はわからずじまいだった。

高熱を出すまで無遅刻、無欠勤だったバイトも、長期間、休まなければならなかった。

収入が減って、治療費がかさんだ。ついに家の電気も止まってしまう。

恵の当時の彼は、2つ上のアイドルだった。アイドルといっても、普通のアイドルではなくデビュー当時は色物扱いされることが多いグループで事務所の中では異色の存在だった。

本当の彼はチャラチャラしたところがなく、昭和気質《かたぎ》の真面目な男だったが、一時期、俗に言うトッポすぎるグループとつき合っておかしくなり、荒れてしまった生活を立て直している最中だった。時々、部屋で変なものを発見することがあり、見つけたらすぐに捨てるのも恵の役だった。

高熱の中、このまま死んでしまって娘や愛犬の世話ができなくなったらどうしようと思っていたが、その一方で、彼のことも気になっていた。

ある日、突然熱がひいた恵は、今までが何だったのだろう？　というくらい体が軽くなった。

そしてそのまま起き上がり、すぐに彼の部屋を訪ねた。

久しぶりに訪ねた彼の部屋は、思ったより整然としていて、一瞬、別の女が？　と思ったが3ヶ月も会わなかったんだから、それならそれでしょうがないと覚悟した。

いつものように、ご飯を作り、食べながら2人で彼が借りていたDVDを見た。今日のメニューはパスタだ。

買い物をせずに彼の家にそのまま向かったので、家にあるもので適当に作るしかなかった。

思ったより彼がおいしそうに食べてくれるので、もう少し手の込んだものを作ればよかった、と少し後悔した。

「ごちそうさま」

「何かパスタでよかったのかな？　ラザニアとかロールキャベツとかにすればよかった」

「いや、おいしかった」

彼は、恵が何を作っても、無言で食べ、ごちそうさまとだけ言うのが常だった。根が優しい上に男らしいので、まずくて恵ですら残してしまうような時も、無言で全部平らげてくれた。

今日は我ながらいいできだったな、と恵が思う時も「ごちそうさま」と言うだけ。たいてい、無言だった。その彼が、「おいしかった」と言った。やっぱり、女ができたんだろうか？　優しすぎる。

「ねえ、３ヶ月も会えなくてごめんなさい。もし、別に誰かできたんならいいんだよ。私とあなたは何でも正直に話せるのがいいとこなんだから…」

　恵の言葉をさえぎるように、彼が覆い被さってきた。

　少し荒々しく恵の服を脱がせ、キスより先に、胸を愛撫し始めた。彼が今どういう顔をしてるかは見ることができない。片方の乳首を舌で何度も転がされ、もう片方の乳首を手のひらや指先で執拗に弄《いじ》られた。「あっ、あ、あ、」。病み上がりでいつもより敏感になっていたのか、久しぶりの手の感触に声が出る。

（こんなに、しつこくされたら、胸だけでいってしまう）。「あ、いく」。軽く背を反らし恵はいってしまった。が、彼はやめない。いったんしぼんだ乳首をまたかたくなるまで手のひらや舌で転がし、大きく突起したら指先を使って弄り続けた。

（あ、またいく）

「だめ。もうダメ」

　恵が懇願気味に言っても、彼は胸の愛撫をやめない。キスをしないので、顔が見えない。

（やっぱり、私は遊び女になってしまったのかもな）

そう思った時、不意にキスをされた。

長い長いキス。いつもより、うんと長いキス。

「ねえ、もう苦し…」

彼の顔を少し離して、顔を見た。

泣いてる。何で？　何かあったの？

「会いたかった」

彼がようやく重い口を開いた。

「会いたかったから、泣いてんの？　馬鹿みたい（笑）」

恥ずかしくなって、余計なことを口走ってしまった。

「本当に、会いたかった」

恵がふざけても、彼はまた同じことを口にした。

「ごめん。私だって、すっごく会いたかったよ〜」

恵の目にも、涙が次々あふれた。

体調、お金の心配、辛いことがありすぎて、泣くことさえ忘れていた恵が、堰《せき》を切ったように泣いてしまった。

「体調がそれほど悪かったんなら何で言ってくれなかった？」

「だって、心配かけると思ったから」

「死にそうなくらい会えなかったんだろ。もし、そのまま会えなくなったらどうするつもりだったんだ」

「ごめん」

「どうするつもりだった」

「………」


彼との関係は順調に続いていたが、1年後、恵は、昔から大ファンだったミュージシャンと一夜をともにしてしまったことを正直に告げ、2年ほどつき合った彼とは別れた。別れる前も別れた後も、彼のことは大好きだったので、しばらくは辛かった。彼は、幸せになるべき人だと思う。そして、今も彼のことは、応援している。

また祖母に振り回される

2008年、日本が、世界がリーマンショックで揺れていた。この事件が起こるまで、世間の金持ちたちは、多くの不労所得を手にしていたようだが、恵の家は相変わらず、テレビも冷蔵庫もない生活が続いていた。その時住んでいた場所での生活は、交通の便が悪く、何かと不便だった。家賃が5万円というのは助かる面も多かったが、一方で、一枝が銀座からタクシーで帰る日が続いてしまうと、途端に経済が圧迫されてしまう。そこで、そこから少しだけ都会に近い町へ越した。

今度の住居は、2DKで7万円。マンションとアパートの中間のような建物だった。室内はリフォームされ、きれいだったが、建物自体が古くネズミやゴキブリが出て、それは一枝の頭をいつも悩ますことになる。

恵は、サイパンで暮らしていたので、虫や小動物が家の中にひょっこり現れても、さほど驚かなくなっていた。結局、ネズミやゴキブリの駆除に金がかかったせいで、娘の食事代と飼っていた犬の餌代を捻出するのがやっとで、恵と一枝は食べたり食べなかったりの日々を送っていた。

一枝は、孫である杏里のことは、目の中に入れても痛くないほどかわいかったが、前年に謎の高熱に3ヶ月も見舞われ、体調を崩した恵のことも心配だった。自分はいいが、娘の恵に満足にご飯を食べさせられていないことが、気掛かりだった。その思いは一枝の中に澱《おり》のようにたまっていき、駆除を重ねたにもかかわらず、新たなネズミを家の中で目撃した夜、一枝の中のストレスが、ついに爆発してしまう。

真夜中、喉が渇いて目を覚ましてしまった恵は、水を飲もうと思い、起き上がった。

「ん？　何、この臭い。ガソリン？　ママ、ねえママ起きてる？　何かガソリン臭くない？」

隣の部屋に行くと、真っ暗な部屋で一枝がポツンと座っていた。

「ねえ、ママ。うっ、くさ」

恵は急いで、全部の部屋の窓を開け、ついでに玄関も開けた。

「ママ、こんな暗いところで何やってるの？　何か臭いんだけど」

何となく異様な気配を感じ、恵は急いでママの前に座り込んだ。

べちょっ、何か冷たいものが恵の足の裏に触った。

「恵、もうママは限界。何回駆除してもネズミやゴキブリが出るよ。もう一気に火をつけて殺すしかない」

「ママ、ママ、しっかりして。家に火をつけたら、皆、困るよ。やめよう」

「でも、どうやったら、あいつらいなくなるの？　どんだけお金使ったよ」

「火事になったら、もっとお金かかるよ。弁償とか」

空腹と労働の毎日、なのにお金の心配に追われ続ける日々で、さすがの一枝も軽いノイローゼ状態になっていた。普段は、まったく弱音を吐かず、気丈に振る舞っていた一枝も、さすがにまいっていた。

　杏里の親になった恵は確かに頑張っている。でも、一枝から見たらまだ子供だ。かわいい孫と娘、2人の生活を何が何でも守らなきゃいけない。

　一枝は周りが思う以上に、責任を感じていた。

「ママ、もうちょっと踏ん張ろう。頑張って、ここを引っ越そう」

　恵はそう言うと、雑巾を持ってきて、灯油が一面に撒かれた床を拭き始めた。

　一枝も、恵にならって、いつの間にか拭き始めた。

　掃除嫌いの恵が、懸命に床をゴシゴシ拭いていると、突然、一枝が笑い始めた。

「ごめん。申し訳ない。あんた掃除嫌いなのにね」

「しょうがないよ」

「よし、ママ頑張るよ。恵も一生懸命拭いてくれてることだし」

　2人は、灯油の臭いがしなくなるまで、床をピカピカに磨き上げた。

　窓の外はとっくに明るくなっていた。

　だが、頑張ろうとしていた2人に、また大打撃が襲う。今度は家のクーラーが壊れたのだ。修理代などない。

　そのうち、杏里の体にぶつぶつができ、蕁麻疹《じんましん》だと思って病院に連れて行って診てもらったら、アトピーという診断だった。杏里の治療費は絶対に捻出しなければいけない。だけど、フルに時間を使って働いても、限界があった。これ以上、生活費を捻出する方法がわからなかった。

真夜中、一枝の電話に着信が入った。

「ババアだ」

「嘘」

たまたまそばにいた恵が、思わず答えた。

何回かかかってきたが、一枝は出ない。

「げ、今度はこっちに」

「嘘」

今度は、一枝が見た。

恵も無視した。

その日から、毎晩のように2人の携帯は震え続けた。

数日後、一枝の大嫌いな親戚のおじさんから、電話があった。

無視していたら、しつこく何度もかかる。

「はい、もしもし」

一枝は、いやいや出た。

「俺の携帯に澄子から、助けてって留守電入ってた。よくわからないけど澄子に電話しろ」

（もう、澄子にこの生活を壊されたくない。関わりたくない）

一枝は、その後も夜中になるとかかってくる澄子からの電話に出なかった。

それでも毎日真夜中になるとかかってくる。その時間になるのが怖くなってきた。

一枝は、うちの家族には関わらないでほしい、と言おうと思い、思い切って電話に出た。

「もしもし」

「もしもし、こんな時間に悪いね。皆元気にしてるの？」

澄子の声は小さく、申し訳なさそうな口調だ。

澄子の言い分はこうだった。澄子は、恵たちを追い出した後、羽目を外して遊び回っていた。ある日、具合が悪くなり、あの家を出て洋子の家に世話になっていると言う。

洋子におだてられ、大金を渡し、車も買ってやった。家を買いたいからと言うので、頭金も渡したが、年金は管理されているという。

理由はわからないが、認知症と思われるように振る舞えと言われ、預金証書も澄子の家から持ち出され、委任状を偽造されたらしい。澄子もかなり年を取っており、どこまで信じていいかはわからなかったが、口調は、明らかに弱っているように思えた。だけど一枝は半信半疑だった。

電話を切った後、恵に全部話した。

翌日も、その翌日も電話があり、一枝が話している途中で、恵が代わった。10分ほど、淡々と話を聞いて、恵は電話を切った。そして、黙ってため息をついた。

澄子は、恵に泣きながら、助けてくれと言っていたらしい。

その翌日、澄子の友人と名乗る女性から電話があった。品のある話し方をする人だった。その人の話で、澄子は短時間だけデイサービスへ行っていることがわかった。

一枝は事実を確認すべく、デイサービスへ向かおうとした。恵が一緒に行くといったので、杏里と3人で行くことになった。

数年ぶりに見た澄子はほとんど歩けず、ひたすら泣いていた。

それでも一枝は、冷静に対処しようとしたが、情にもろい恵がすでにもらい泣きしている。

「おばあちゃん、必ず助けるから」と、恵が、約束してしまった。

一枝は、まだ疑っていたので、自宅を教える気にはならず、澄子を助けるためにホテルを予約した。ホテルに滞在した一週間、一枝と恵は、澄子の世話を交代でやった。

ご飯を運び、車いすが欲しいと言えば手配し、そのうち、今度は老人ホームを探してくれと言う。澄子の条件は厳しく、高級なところばかりが候補にあがった。一枝が澄子の身の周りの世話をしている間に、恵が何ヶ所も実際に見て回り、探した。

澄子がようやく希望通りの老人ホームに入った。今度は、家電や家具などを早く揃えてほしがった。一枝と恵は、振り回され、ホテル代も使い、くたくただった。

半年後、今度は妹の洋子が、一枝が澄子の遺産を狙っていると言い出し、弁護士に言って澄子の銀行口座を凍結したが、これは澄子が裁判所に出向き解決した。

そして、今度は澄子が親戚と連絡を取りたいと言いだした。いやな予感がしたが、「早く教えろ」といって聞かない。渋々、教えることにした。

親戚と連絡できるようになると、澄子にまた前の雰囲気が戻ってきた。そして、一枝に黙って「自分を虐待している」と言っていた洋子にも連絡をとっていた。

一枝は、我慢の糸が切れてしまった。もういい！　その日以来、澄子のもとへ行かなくなった。

それから、2～3ヶ月が過ぎたころ、裁判所から一枝のもとへ通知が来た。一枝といる時に、澄子が「一度貸金庫を見に行きたい」と言い、一緒に行ったことがあった。金庫には大事な書類を預けており、鍵は澄子と洋子が持っていたらしい。金庫を開けた時、中に入ってるはずの証書がない。「洋子だ！　洋子が取った」と澄子が大騒ぎしたことがあった。調べてもらうと、確かに数日前に洋子が出入りしていたが、書類を持ち出したかはわからなかった。

その時、なくなっていた証書を、なぜか一枝が取ったということになっていて、その内容が裁判所の通知書に書かれていた。呆れすぎて、思わず笑ってしまった。

裁判で、もちろん一枝は無実と認められたが、その時の澄子の証言にも凄いものがあった。「一枝と恵に強引に連れて行かれて助けを呼ぶ暇もなく、私はあの2人に拉致されました」と証言したのだ。

この事件で一枝は、澄子との縁をすっぱり切るため、叔父に一通の手紙を送った。

これからは、もし澄子と会うことがあっても、必ずその叔父に一緒に来てもらう、と。

勝手なことを言われ、振り回されるのは、もうごめんだ。

一枝も恵も、澄子という実の祖母（母）のせいで、またへとへとになってしまった。

「だからあんなに関わるのやめとけって言ったのに。身内とはいえ、人種が違うんだってば」

友人に怒られている一枝を見て、恵は情に流されてしまった自分を反省した。ごめんママ。

顔が好きすぎるミュージシャンとの一夜

その日、恵は大切な約束があった。放っておくと浮かれる自分を抑えられずにいた。

いつもより早く目が覚めた恵は、二度寝せず、皆の分の朝ご飯を作って、自分のために珈琲を入れ、煙草をゆっくり吸った。ただそれだけのことなのに、少し優雅な気分だ。

　この朝、恵は、いつもより緊張していた。入試やバイトの面接、大河の現場でもあまり緊張したことのなかった恵にしては珍しいことだった。一服したら落ち着くだろうと思っていたが、無理だった。皆に朝ご飯を食べさせ、ゆっくり風呂に浸かることにした。そういえば誕生日の日に、バイト先の皆がくれた入浴剤がまだあったはずだ。

　あのケーキのような色とりどりの入浴剤。もらった時、大げさだなと思ったまま、脱衣所の棚に置いておいたのを、ママが適当に入れていたみたいだが、あれがまだ残ってるはずだ。ボックスの中に色とりどりにぎっしりと入っていた入浴剤は、あと3つになっていた。「緑色のアボバス？」という名前の入浴剤に苦笑した。

「何だよ、アボバス？　って、何で疑問形なの。ったく、誰に何を聞いてんだよ」

　ひとりでぶつぶつ言いながら、湯に入れた。丸い入浴剤は、お湯の中できらきらと緑色に輝き、柑橘《かんきつ》系のいい香りがする。成分のラメが、恵の肌にまとわりつき肌が華やかに煌めいた。

「すげーな。何これ。キラキラしてるよ。あ〜、でもいい気持ち」

　久しぶりに湯船に浸かったので、体がいつまでもポカポカしている。バスタオルを巻いたまま、一瞬うとうとしてしまったが、目が覚めた時、風邪をひいていなくてよかった、と思った。今日だけは、病気になるわけにはいかない。万全の体調でいたい。どうぞ、いられますように。

喫茶店には恵が2人の男といた。さっきまで店の中にさしていた西日が、うっすら蒼《あお》くなり始めている。夕暮れの喫茶店で3人はホットコーヒーを注文し、男のひとりが話し始めた。

「めぐちゃん、こちらは知ってるよね」。紹介された男が、恵に軽く会釈した。

「はい、もちろんです」

「えと、この娘は濱松恵さんといって、子供のころからCMや、大河にも出てたし、ビジュアルクイーンに大抜擢《ばってき》され、将来有望だったんだけど、いろいろあってね」

「大体、わかった。芸能界って、ほんと魑魅魍魎の世界だから」

男は、恵を見て「はじめまして」と言った。

「あ、はじめまして」

説明をしていた男はミュージシャンで、恵の友人でもあった。そして男ともうひとりの男は、ミュージシャン仲間で、やはり友人同士だった。

何となく友人同士で、気軽にお茶でもしようということになり、恵も誘われたのだ。誘いの電話があった時、バイトの昼休みが終わる寸前でバタバタしていたため、「何かわかんないけど、あんたの友達と3人でお茶しようってことね。楽しそ。いいよ」と適当に返事をしてしまった。

電話があった2日後、一緒に来る友人の名前を聞いて、倒れそうになった。男は電話口で、恵の大好きなミュージシャンの名を口にしていた。

　チャンスは突然来る。そして、チャンスの女神には前髪しかない。

　その彼はビジュアルバンドが好きな人間なら、誰でも知っている人だった。恵は、彼のライブに行ったことがあり、その時、彼が口に含んで客席に飛ばした水をかぶって大喜びしたこともあった。顔が好きすぎて、写真集まで買ったのだ。

　電話を切った後、神に感謝したかったが、どこにいるかまったくわからないのでやめた。

　喫茶店での雑談は、時々、笑いが起こり、盛り上がったが、恵は2人の会話をほとんど聞いていなかった。スポットライトの中にいた彼が今、目の前にいる。手を伸ばせば簡単に触《さわ》れる場所に。彼は煙草を取り出し、無造作に火を点《つ》け吸い始めた。

(やばい。かっこいい。かっこよすぎる)

「男の好きな仕草は？」と取材で聞かれたら、決まって、煙草を吸う仕草、と答えていた。

「煙草、吸う？」

「はい」

　緊張をさとられないように、慣れた感じで煙草に火を点けようとしたが、なかなか火が点かない。

「よかったら」

その様子を見ていた彼が、自分のライターを貸してくれた。

（もう死にそう。持って帰っていいですか）

火は、スムーズに点き、お礼を言ってライターを返した。

途中、友人の男が電話をするのに店の外に出、２人きりになってしまった。

（どうしよう。何を話せば…）

「明日は？　明日の予定は？」

「何もないでしょうね」と、人ごとのように言ってしまった。

彼はフッと笑い、「じゃあ、うちに来て」と言って番号を教えてくれた。

友人が電話から戻ってきたところで、「今日は解散。楽しかったから、また会いましょう」となり、恵は、彼の番号が入っている携帯電話を宝物のようにバッグにしまい、家に帰った。

家に帰り着いた時、バッグに穴が空いてて、携帯が落ちていたら困るかもと思い、もう一度確認した。携帯は、バッグの中にあり、駅前で受け取ったテレクラのティッシュと一緒に入っていた。

彼の部屋に初めて行ったのは、夜だった。自宅なのか、仕事で時々使う部屋なのかわからなかった。洗面所にはクリームやケア用品が幾つもあり、それも自分で使っているのか、よく来る女がいて使っているのか、聞くことはできなかった。

「何か、飲む？」

2人で、お酒を飲んでいたら、あっという間に、そういう雰囲気になった。恵もそうなることを望んでいたからかもしれない。恵には彼がいた。彼のことは大好きだった。彼がいるのに、他の男の部屋に夜行くのはあまりやらない方がいいことだろう。恵も、そう思っていた。だけど、この目の前の彼だけは特別だった。現実と夢の間にいるような彼。自分にとってのスター。

「本当、ごめん」。心の中で彼氏に謝った。幼いころから芸能界に身を置き、グラビアの仕事をしていたせいで、少し軽く見られがちな恵だったが、二股は、するのも、されるのもいやだった。もし、今日、目の前のこの人と体の関係になってしまったら、今の彼とは別れることになるだろう。

「こっち、来たら」

彼に呼ばれ、ベッドの端に座らせてもらった。

「目、きれいだね。きれいだから、カラコンとか入れちゃダメだよ」

彼に見つめられ、動けない。

彼は、恵の髪を指で後ろにかき上げ、キスをした。

彼の舌が、恵の口の中をゆっくりかき回し、恵の舌に自分の舌をからめ始めた。気が遠くなりそうなくらい、気持ちがいい。

ゆっくり脱がされ、彼も脱ぎ始めた。いやでも至近距離に彼の裸がある。彼の体は細いのに筋肉がしっかりあり、肌は陶器のように美しかった。

（マネキンみたい）

グラビアの仕事をしていた恵は、自分の体に自信がない方ではなかったが、作り物のような美しい体の前に、怖じ気づいた。おまけに顔も美しい。

その美しい顔をした彼が、恵の中に入り、ゆっくり動き始めた。それは、思った以上に優しい動きで、本当に夢の中にいるようだった。ゆっくりだった彼の動きがだんだん速くなり、思わず出そうになる声を何度も押し殺すのが精一杯だった。

動きが速まるにつれて、彼は自分の長い髪を、手を使わずに何度もうしろへやった。その度に彼のせつなそうな顔が見え、それを見るだけでイキそうになってしまった。世に言うハンサムや人気者とつき合ってきたはずの恵だったが、彼は、かっこいい、というのをすでに超えたレベルにいた。

終わった後、犬の話で盛り上がった。お互い犬が大好きだということがわかり、それだけでうれしかった。

「帰りは、タクシーで帰りなよ」

「あ、はい」

最初から泊まるつもりはなかったが、タクシーを呼ぶ彼の背中を見て、少し寂しくなった。

(私が今、好きって抱きついたら、どうなるだろう)

「じゃあ、また」

「あ、はい」

(また？　また、って言った。また会えるの？　それとも、社交辞令？)

「また、連絡するから」

「はい」

「じゃあ、おやすみ」

「おやすみなさい」

帰りのタクシーの中で、恵はもう夢の中になどいなかった。

彼の「また」を鵜呑みにはしていなかった。かといって、嘘にもしたくなかった。

昨日、初めて会って、今日、初めて関係を持った彼。

彼は、恵を気に入ったかもしれないが、愛してはいないだろう。

それに、もう会うことはないかもしれない。

恵は、つき合って2年目になる彼のことを思い出した。「…ごめんね」。

タクシーの窓に映った、自分の顔をじっと見る。
昨日会ったばかりの彼のことを、恵は愛し始めたかもしれない。

会う度にTENGAを使って…

2年つき合った彼に別れを告げた翌日、恵は誰の電話にも出ることができなかった。バイトが休みだったので、一日中、杏里と遊んだ。杏里は4歳になっていたが、言葉が遅いのか、あまり多くの言葉を一度に話すことがなかった。他の子に比べたら少し遅い気がしたが、子供の成長はあまり比べるものではないと聞いていたので、話さなくてもあまり気にしなかった。

恵がシングルマザーだと言うと、急に優しくなる人が、たまにいたが、そういう人は決まって、恵に彼がいるとわかった途端、「子供がまだ小さいのに、何考えてるの」と眉をひそめた。「何も考えてねーよ」というしかなかった。

子供が小さいうちは、人を好きになっちゃダメって、そんな法律ないじゃん。
そういう人は、決まってもてなさそうだ。いや、もてない。
常識という刀をぶんぶん振りまわしている人ほど、いつもつまらなそうにしている。

あなたが歩んでいる、そのつまらないレールの上を、私にも歩けと言うのか。

悪いけど、阿呆らしすぎる。今までも、これからも、常識の穴にはまらないように生きたい。

皆、他人のことにあれこれ言わず、自分のやりたいことや楽しいことをすればいい。

杏里も、好きなことをたくさんして生きてほしい。

「杏里、かわいいね」

「かわいいね」

4歳になっても、おうむ返しをよくする杏里が、普通ではないということに恵はまだ、気づかなかった…。


次に彼と会ったのは、ラブホテルだった。

ラブホテルに来たのは、出産してからは初めてだ。キラキラした装飾の部屋に何となくテンションが上がって、この日は緊張せずにすんだ。2回目だからというのもあったかもしれないが、彼のキレイな顔と体は、相変わらずだった。

部屋にはいわゆる〝おとなのおもちゃ〟と言われるものがあって、それを見て笑い合った。

「使ったことあるでしょ？」

バイブを手にした彼は、恵にいたずらっ子が聞くような顔で聞いた。

「残念ながら、ないです（笑）」

恵は、この前の何倍もリラックスしていた。

「本当？　じゃあ、今日使ってみる？」

「いやです」

「そっか…。この前思ったんだけどさ、意外にすれてないよね」

「子役からのくせに？　そう思ったの？」

「うん、何となく。結婚もしたことあるみたいだし、子供もいるみたいだし」

「でも、私、そういう遊び、あまりしてないんです」

「ノーマルってこと？」

「です」

「ひとつだけお願いがあるんだ」

「何ですか？　絶対に誰にも言わないですよ」

「いや、そういうことじゃなくて」

彼は、おもちゃの中から、卵のようなものを手に取った。

「知ってる？」

「何ですか、これ」

「知らないか」

「本当のおもちゃみたい」

それが、TENGAという男の人がひとりの時に使うものだということを恵は後で知った。

「俺がするみたいにしてほしいんだ」

「いいですよ」

彼は、その卵のようなものの中に、大きくなった自分のものを入れ、上下に動かし始めた。

「やってほしい」

恵の手の上に自分の手を重ね、動かし始めた。

どのタイミングで彼が手を離したのか、わからなかったが、気がついたら恵はひとりで手を動かしていた。

「ああ～」

彼は気持ちよさそうに、時々声を出すのだがなかなかいかない。手の動きを少しずつ速めた。

「あ、ダメだ」

手の動きをもっと速めた。

「あっ」

20分近くかかって、彼はイッた。

「ありがとう。すっごく気持ちよかった」

「初めてで、どうしていいかわからなくて」

「すごくよかったよ」

それから、30分くらい会話した後、2人は普通のセックスをした。

それから彼は会う度に、最初にTENGAを使ってほしいと言ってきた。

彼も、ミュージシャンに多いナルシストタイプだった。

じゃあ、幻滅したか、冷めたか、と聞かれたら、答えはNOだし、そんな彼の性癖までもがかわいく思えた。

彼との関係はしばらく続き、もしかしたら彼女になれたのだろうか？　と思ったころ、

「ねえ、彼氏っていないの？」と、聞かれた。

「いないよ」

「どうしてなんだろ。こんなにエッチが上手いのにね」と言った。

恵はその言葉で、ハッと現実に引き戻されてしまった。

夢は見ないようにしていたつもりだったが、やはりどこかで夢を見ていたのだと、思った。

彼と寝たことで、本当の彼氏とは別れてしまった。だけど後悔はない。それも、運命。

恵は、〝運命の流れ〟というものに、あまり逆らわなかった。

オリンピック選手とのソフトなSMプレイ

ネズミやゴキブリがいつ出るかわからない家で、ママは特に夜になると眠れなくなっていたようだった。ママには、優しい彼がいて、その彼がママの限界を感じ、引っ越しの援助を申し出てくれた。恵にとっては、ラッキーと思う以外なかった。

彼の申し出を、最初は断っていたママだったが、ゴキブリがササササッと動き回るのを見た瞬間に、彼氏に電話して、すぐに引っ越すことになった。

今度の家は都内の外れにある2DKで5万2000円という物件だったが、安い代わりに、一部屋が5畳しかないという狭さだ。

フリーになった恵は、友人に誘われ、今まで行かなかった出版社主催の飲み会に行くことにした。ただで飲み食いできるから来て、と言われ、本当に飲み食いだけに期待して行った。どうせ出版社の人だけだろうと思っていたら、見覚えのある人がいた。オリンピック選手だ！

普段、あまりテレビを見ない恵だが、オリンピックだけは、オンタイムで見るほど好きだった。その人はスポーツマンの中でも、特にかっこいいと思っていた人だったが、実物はもっと男前だった。小柄だが、体も引き締まっていて、いいな、と思った。

話してるうちに、その人が結婚してまだ幼い子がいることを知り、残念に思ったが、会話が楽しくて電話番号を交換してしまった。その人とは、ガラケーのショートメールでやりとりし、2人でご飯を食べることになった。とても楽しくご飯を食べ、帰りにタクシー代をくれた。

もう一度、ご飯に誘われた。ご飯の時間はやはり楽しく、時間があっという間に過ぎる。前回同様、タクシー代を恵に渡し、見送ってくれようとする彼を、恵は「まだ一緒にいたいな」と言って引き留めた。そしてビジネスホテルに泊まった。恵が自分から引き留めたのは、初めてのことだった。

普段の紳士的な態度と違い、その人は、ソフトなSMプレイを好み、セックスになると強引になった。そこが、恵にはまった。

キスをしながら、恵はあっという間に裸にされてしまった。

ホテルにあったタオルで目隠しされ、ネクタイで手を縛られた。

両手を下に降ろした形で前に縛られているせいで、恵の乳房は、いつもよりずっと隆起する。細身だが、胸は結構ある方なので、おそらくかなりの迫力になっているはずだ。

「大きいね、大きくてすっごくきれいな形だ」

そう言いながら、彼が胸にむしゃぶりついた。

2つの突起を交互に舌で転がしながら、下半身の敏感な部分に触れてきた。

「あん」

思ってる以上に腰が浮いてしまった。

「元気すぎるようだから、脚もこうしよう」

今度は両脚を伸ばした格好のまま、タオルできつく縛られてしまった。

身動きがとれなくなった恵の、片方の乳首を吸いながら、もう片方の乳首を手で転がし、空いた手で下半身をしつこく弄り始めた。

「あれ、ちょっと濡れすぎじゃない？」

中指と人差し指を恵の中に差し込みながら、時々、秘液をクリトリスにひろげ、親指でののの字を描くように回しこすり始めた。

「あ、まって、ダメ」背が思わずのけぞる。

男は自分がイクことより、イかせることの方が好きなようだった。

「まだ、イッちゃダメだぞ」

「もう無理」

中に入った指は、徐々に動きを速め、クリトリスをこするのも自然と速くなっていった。

「あ、あ、あ、ほんとにダメ」

男の指だけで、恵はイッてしまった。

一回イッただけで、腰がガクガクしている。こんなことは初めてだ。

(私は、Mなんだろうか。縛られて目隠しをされると、いつもの何倍も感じてしまう)

一回イッただけなのに、シーツがびしょびしょに濡れているのがわかった。

今度は後ろ手に縛られ、寝たまま後ろから首筋を舐められ、乳首をひたすら弄られ続けた。

「あ、ダメ、また」

体が、敏感になりすぎている。

足がほどかれ、一瞬楽になったのも束の間、座ったまま後ろから両脚を抱えられ、後座位のまま中に差し込まれた。

凄い力だ。下からガンガン突き上げられ、恵はまたイッてしまった。

休む暇なくバックスタイルにされ、今度は後ろから思いっきり突かれ始める。

本当にタフだ。そこらの人とタフさが違う。

へとへとになっている恵を仰向けにし、腕の縛りを取って、最後に正常位で入ってきた。

飲み会の席で、半分冗談めかして「正常位が好きです」と言っていたのを覚えてくれていたんだろうか？　まさかね。

動きが一段と速くなり、イキそうになった時、軽く首をしめられた。

正直、気持ちがよかった。何これ？　すっごくすごくいい気持ち。

これがエクスタシーというのだろうか。

自分が獣にでもなったようだ。もう離れられない、と言いたかったが、向こうが遠征で地方に行くことが多くなり、あまり会えなくなった。

大好きだったが、向こうには奥さんがいて、幼い子もいる。

しつこく連絡することは、したくなかった。

〝不倫は苦しい〟。信じてもらえないかもしれないが、恵は不倫が苦手だった。

娘の病名判明と芸能の仕事を再開

気がついたら、毎年のように引っ越しを繰り返していた濱松家だったが、また引っ越すことになった。今度は都内にある2DKで6万2000円の物件だった。マンションだが外階段で、4階、エレベーターなし。

今までいた事務所を離れ、別の事務所へ移籍したり、ひとり娘の杏里が、高機能自閉症でアスペルガー症候群ということがわかったり、後で振り返れば、2010年はいろいろと節目の年だったかもしれない。

一見、不便そうに思える今回の新居だったが、ここは恵と杏里が通う病院も近く、交通の便も悪くなかった。

娘の病名がわかった時、ショックという気持ちより、どこか他の子と違う理由がハッキリわかって、スッキリした気分だった。

五体満足で、体が辛そうなわけじゃない。他の子と違うだけで、決して頭が悪いわけでもない。むしろ、いい。手を頻繁に洗いに行ったり、会話がままならなかったり、恵と一枝以外の人に会うのが困難なだけだ。

自分のペースで育ってくれればいいし、成長するための協力をするのは、子を持つ親なら皆、同じだ。後は定期的に一緒に通院すればいい。どうということはなかった。

事務所を移籍した恵は、何となく私生活も忙しくなっていった。事務所関係の飲み会も多くなり、地味時々派手、というような日々が始まった。

長い間、開店休業状態だった芸能の仕事も、ちょこちょこ入るようになり、それに合わせて男の人と会う機会も増えた。まだ27歳、子を持つ母親とはいえ、シングルの身の恵は、頻繁に誘われるようになった。

時期はかぶらないが、このころの恵はたがが外れたように男と遊んだ。もちろん全員と寝るわけではないが、誘われるままにデートした。一緒にご飯を食べに行き、カラオケをして帰るだけでも楽しかった。

毎晩、夜遊びをしたわけではない。自由時間が増えた分、杏里ともよく遊んだ。愛犬のウォッカ、ジン、テキーラとも。今までむきになって一生懸命になりすぎていたのかもしれないと思えるほど、肩の力がいい具合に抜けてきていた。

楽になったら、年下から誘われることも多くなった。

毎年行われる高校の友人たちとの飲み会で親しくなった3人の超人気アイドルと、何となく関係を持ってしまった。

第六章

国民的な人気者との情事、不倫スクープと男の入籍

国民的な人気者MやNとのセックス

恵はもう、昔みたいにアイドルに対して、嫌悪感も偏見もなかった。

関係した3人の男は、街でみつかるとあっという間に囲まれるほど、国民的な人気者だったが、恵にとっては、ただの高校の後輩だった。

年上に対しても、物怖じせず、いつも屈託なく話しかけてくるMとは、飲み会をする前から仲がよかった。恵が高校を中退する直前に入学してきたMとはすごく気が合い、よく話した。Mは、年下なのに、どこか大人で紳士的な面があった。何でもレディーファーストで、ドアの出入りで気を遣ってくれたり、店ですぐに上着をかけてくれたりと、とにかく優しい。セックスに関しては、ザ・マニュアルという感じで、ごくごく普通だったが、グループの中でもダントツいいやつだった。その最中もずっと敬語だったが、普段も礼儀正しかった。

Mと同じグループのNとも関係を持った。Nとは、わりと体の相性がよかったように思う。普段のNは、テレビで見る姿とは違い、ゲームオタクで暗い。普段着も、ジャージの上にコートを引っかけ、おまけにいつもリュックを背負っているというダサさ。「ウォーリーかよ」と、よくからかった。

Nは、「めぐ先輩」と言って慕ってくれる。酔っ払った勢いで、何となくすることになったのだが、初めてすることになった時、思わず「え、お前とするの？　私が？」というくらい、ダサかった。


「めぐ先輩、今度は後ろ向いてください」

「ああ、はい」

Nは、入れてから次々と体位を変えるのが好きだった。

正常位からバックになり、俄然、力強くなってきた。

思っていたより大きいNのものが、後ろからガンガン突き上げてくる。

「結構やるじゃん」

Nは、恵の言葉を気にもとめない感じで、もっと突いてきた。

そのまま、横向きにされ、今度は横から突かれ始めた。

「あ、あ、あ、いい、あ、あ」。声を出したのは、恵ではなくNだった。

「あ、あ、あ、めぐ先輩」

恵の片脚を高く上げ、角度を決めて突き始めた。

「あ、そこはダメ。やめて」

今度は恵が、思わず声を出す。

恵の快感のツボを、Nの逞しいものが、こすり始めた。

そのままNは、恵を仰向けにし、恵の両脚を自分の肩にかけた。

いやでも、Nのものがグイッと深く中に入り、恵の中は、いっぱいいっぱいになった。

自分のものを、恵の奥深くに差し込んだNは、今度はゆっくりと動き始め、それから徐々に動きを速めた。

「あ、あ、あ、めぐ先輩」

Nは、男には珍しいくらい、大きな声を出す。が、恵はその少し鼻にかかった声にも、セックスアピールのようなものを感じ始めていた。

「あ、いく、いく、いく、先輩、めぐ先輩」

「あ、N、もうダメ」

いきそうになってNの顔をじっと見ると、Nは顔を隠すようにしながら果てた。

意外に、気持ちよかった。
N、やるじゃん。
終わった後、Nに聞いた。

「ねえ、さっきなんで顔見せてくんなかったの」

「あ、恥ずかしいんです。最中に、顔見られるのが」

「そうなんだ。やっぱ、ネクラだな（笑）」

恵の言葉に、Nも笑っていた。表面的には不器用な面もあるが、根はいいやつである。

結局、Nとは、20回以上、やった。

相性もよかったが、気取らないNといるとこっちの気もどこか楽だった。


MやNと違うアイドルグループに在籍しているもうひとりのNは、ドラマで優しい旦那様の役を演じていたが、実際はオラオラ系だった。一回の時間が大体30分程度で、一晩に何度もする癖があり、自分がイッてしまえばそれでいい、といった身勝手なセックスで、恵は一度もイッたことがなかった。

終わった後、靴下を履かせてもらおうとするNに、「10年早い」という言葉が何度も出かかるくらい横柄な男。早く結婚相手を見てみたいものである。


恵は、この年を境に、いろいろな男と関係を持つようになった。

完全に、恵の中で何かがスパークしてしまったようだった。

3・11後の計画停電にも格差が…

2011年3月11日夜。恵は前日から風邪をひいて寝込んでいた。この日は、病院に行くつもりだった。「そろそろ病院に行かなきゃ」と思いながら、体がきつすぎてなかなか起き上がれない。恵の横では、ひとり娘の杏里が、すやすやと眠っていた。

杏里は、あと3ヶ月で、7歳になろうとしていた。高機能自閉症、アスペルガー症候群と診断された杏里だったが、知能が思っている以上に高く、心の中で、時に恵より先に理解していることも多かった。

杏里は、人一倍敏感なため、あまり会話もできず、したとしても細心の注意が必要だった。とにかく家の中に誰かがいてくれればそれでいいらしかった。が、この地震の後はいつもと違い、恵のそばを離れなかった。

午後2時46分。宮城県牡鹿《おじか》半島東南東沖を震源とする東北地方太平洋沖地震が発生した。最大震度は宮城県栗原市で震度7が観測され、地震の規模はマグニチュード9・0、日本観測史上最大の地震であった。

テレビ画面では、最大40・1mの巨大な津波が起こり、たくさんの家や車が流されていた。逃げ遅れて、電信柱や、ビルの屋上で助けを待っている人も映り、自然災害の恐ろしさをオンタイムで伝えていた。

関東地方も、震度6を記録したところもあった。高いビルは、外から見ても大木が風に揺れるように、ゆっさゆっさと大きくしなり、いつまでも揺れていた。

もちろん足立区の恵たちの家もかなり揺れ、棚の高い部分に置いていたパソコンやFAX、食器棚の食器が落ちて割れ、立てかけていた鏡も割れ、部屋の中はめちゃくちゃになった。

揺れている時間があまりに長かったので、正直、もうダメだと家族で覚悟した。近所の人たちが、貴重品を持って、外に出ていた。杏里は固まったまましばらく動かなかった。杏里だけじゃない。恵もママも、恐怖でしばらくその場にうずくまってしまった。

テレビ画面には、次々と東北地方のあちこちが映し出された。大火事が起こり、火の海に一面を焼き尽くされている地区もあった。こうしてテレビを見ている間にも、何回も余震が起こる。

本当に、現実なんだろうか？

6歳から13歳まで、アイススケートの練習で仙台に通っていた恵は、常々、仙台が自分の第2の故郷だと口にしていた。その仙台が、壊滅状態になっている…嘘、嘘だ。

仙台の友人に電話したが、つながらない。東京でこれだけひどいのだから、向こうは…。堪えていた涙が、堰を切ったようにあふれ出し、止まらなくなってしまった。

テレビには時々、東京の様子も映し出されていた。渋谷や新宿の駅前は人であふれ、皆、帰路につけない状態でいた。

友人から電話がかかった。

「もしもし」

「もしもし、めぐちゃん、家にいるの？」

「うん」

「明日から、電気足りなくて足立区、計画停電になるかもしれないから、今のうちに、コンビニやスーパーで食料とか買っておいた方がいいよ」

「計画停電？」

電話を切った後、仙台に住む友人にあて、伝言サービスにメッセージを残し買い出しに走った。

コンビニもスーパーも、めぼしいものは何も残ってない。物自体がほとんどなかった。

翌日も、家族で買い出しに行ったが、コンビニの棚は壊滅状態で、スーパーの米や電池もすべて売り切れている。4軒回って、某ラーメンやレトルトのおかゆパックを何とか調達することができた。

結局、恵の住んでいる足立区は、地震から6日後の午前と午後に、時間を決めて2回の停電があり、電気がついた後、パソコンを起動したらうんともすんとも言わなくなってしまった。

何度も電気が落ちた状態になったので、壊れたらしい。

「命があるだけでも、今はありがたいと思わなければね」と家族3人で言い合った。

たった2回、時間を決めて電気が止まっただけでも不便だ。この不便さを思うと、被災地の大変さは、そんなものじゃないだろう。

「恵、もっと節電しなきゃね」

「うん。ママあのさ、さっき買い物行った時、気になったんだけど」

「駅前のパチンコ屋でしょ」

「ゲーセンもね、電気が煌々と点いてた」

「誰か偉い人が注意するべきだよ。偉い人って何のためにいるんだろね」ママが言った。

このままだともっと大規模停電になるかもしれない、というアナウンスがあったのに、野球はセ・リーグがたった4日延期しただけで開幕するらしい。ナイターもあるんだろうか？　だとしたら電気代どんだけかかるの？　こんな時に、誰が見に行くんだよ、ったく。

震災から10日後、恵の住む足立区や荒川区ではまだ計画停電が続いていたが、テレビのほとんどが通常営業に戻り、バラエティー番組も放送していた。被災地には、まだまだ行方不明者が多く、取材中に偶然発見される人もいるのに、もう被災地のニュース番組は、決まった時間に少ししか放送されなくなっていた。

地元のテレビ局や新聞社は、一丸となって動いていたが、東京のマスコミは、ごく一部を除いて、被災地を離れ、いつものくだらない芸能ニュースを、また嬉々《きき》として放送していた。

今、それをして、一体何になる？　被災地の情報もっと流せよ。

震災から12日が経過した時、ついに足立区と荒川区の区長が、怒りの会見を行った。

「計画停電には協力したいが、あまりに不公平すぎる。なぜ、23区のうち、この2区ばかりが、毎日停電するのか」と。

その通りだ！

渋谷区や新宿区は、まったく停電しない。隣の北区も毎晩、煌々と電気が点いている。

荒川区と足立区ばかりどうして？

3月25日、ママの誕生日に、ママの彼氏が、この先の停電に備えてうんと大きな蝋燭《ろうそく》を持ってきてくれた。本人の実家も福島で大変なのに、ありがたい。感謝しかなかった。

区長が怒りの会見をしてくれたおかげで、停電の数が減ったのはうれしかったが、23区のうち、停電になるのは半分だけで、会見後は、半分の地区で停電エリアの持ち回りを行う回数が均等になるだけらしかった。

「いや、そうじゃないよね。23区の地区全部で持ち回りしてくれたら、停電になる頻度が、もっとぐんと減るんだけど」。格差社会が、こんなところにも…まったく、くだらね。という気分がぬぐえず、腑に落ちないまま毎日を過ごした。

4月11日、また大きめの地震。余震かと思ったら、テレビでこれが本震ですって言ってて、はあ？　本震？　余震の後に本震って何？　不気味だった。

4月13日、あの地震から、いろんなところが節電し始めた。上野公園も夜桜の季節だったが、節電中だった。電車の中も。埼京線は節電しすぎて真っ暗だったが、パチンコ屋の煌々としたあかりに比べたら何倍もマシに感じた。

パニック障害と摂食障害に

東北の人じゃなくても、震災以降に体調が悪くなった人は多いらしい。恵もそのひとりだった。

夏になった。半袖になった途端、最近あまり気にならなかった腕の傷跡が、妙に気になり始め、幼いころ祖母にされた虐待の数々が、突然鮮明に蘇って、猛烈に腹がたってきた。それから何かを口にすると、胃に痛みを感じるようになり、あまりの痛さに病院へ駆け込むと、急性胃腸炎と診断された。

しばらく軟らかいものしか食べられなくなった。眠れない夜、しんとした部屋でじっとしていると何度も虐待の記憶が蘇っては消えてゆく。

どうしたんだろう、私。

移籍後の仕事は、普通に順調で、マネージャーや社長との関係も良好なのに、何で？

体調が悪くなるにつれ、心のバランスも崩れていった。昔、芸能人としては難しいんじゃないか、と言われたことがあって、それくらい、人が言ったちょっとした一言が気になる。でも今は元々、神経質な自分の性格が10倍神経質になった感じだ。

8月に、〝38kgになる〟という目標を掲げ、自分が決めたもの以外、口にしなくなったのが悪かったのだろうか？

皆が、拒食症になってるんじゃないかと、あまりに心配するので、病院へ行ったら「まだそこまではなってないよ」と医師に言われ、ホッとした。

秋の声を聞いても、心身のバランスは戻らず、朝起きることさえ困難になってきた。一日中、寝てしまう日もあったりして、鬱病が再来してしまったかのようだった。

厳しい食事制限を自分に課している反動なのか、時々、猛烈な食欲に襲われコンビニに駆け込んだ。おにぎりを全種類、食パン2斤、パスタ2個、ざるそば、水を3L買って、急いで自分の部屋にこもり、貪るように食べる。そして水を大量に飲み、胃が空っぽになるまで吐く。吐いている最中は苦しくて涙が出るのに、吐き終えると凄い爽快感が襲ってくる。

そして、また、食べ物をほとんど口にできない日々が続いた。

そのうち、声が出なくなり、病院へ行ったら「パニック障害と摂食障害を患ってます」と診断された。

用意した台本通りにしたがる男は入籍していた！

そんな中、久しぶりにグラビアの撮影があった。

撮影の日、恵は珍しく朝早く目が覚めた。

「濱松さんの思い出の場所で撮りましょう」と言われ、とっさに浮かんだのがお台場だった。

お台場は、あの降板した『激走戦隊カーレンジャー』の撮影場所であり、失踪事件前に選ばれた「'99フジテレビ ビジュアルクイーン」の場所でもあった。

恵にとっては、いわゆる因縁の場所で、掲載予定の雑誌は、本当は失踪したわけではなかった恵のことを、思いっきり「失踪か⁉」と書いた雑誌『FLASH』だった。あれから12年、16歳でピチピチだった恵も28歳になり、あの事件のことを記者の人に笑って話せるようになっていた。

撮影も、取材も楽しく、滞りなく進んだ。だけど、恵の心は、あのころほどではないにしろ、弱っていた。弱った心を隠して、カメラの前で笑う姿も、聞かれたことに張り切って答える姿も、あのころと同じだった。

「グラビアアイドル誌上同窓会」と銘打たれた特集ページに載った自分の姿は、思った以上に反響を呼び、音信不通になっていた昔の友人・知人やたくさんのファンの方から、事務所やブログに問い合わせが殺到した。

単純に、うれしかった。

できる限り、皆さんに返事を書いた。

事務所にはファンレターだけではなく、カーレンジャーのDVDやおいしいお菓子などプレゼントも多く届いていた。

その中に、ひとつだけ気になるプレゼントがあった。真っ白な長細い箱を開けると、黒い薔薇が一輪。それを見た事務所の人たちは薄気味悪いと言ったが、黒が好きな恵は、それを大切に持ち帰り、自分の寝床のそばに飾った。

家でも、ママと杏里は、その黒い薔薇を見た瞬間、一瞬絶句した。黒い薔薇といっても本物の真っ黒な薔薇は、トルコのユーフラテス川流域にしか咲かないらしく、送られてきた薔薇はそれではなく黒に限りなく近い日本の品種で、薔薇についていたカードには「ブラックバカラ」と、あった。

黒い薔薇が枯れてきたころ、恵は、ここ最近、メールでやりとりしていた男のことを思った。男は人気芸人で、今年の春ごろ、ブログにメールをくれたのがきっかけでやりとりするようになっていた。

皆にそうするようにメールに対して返信すると、その日から、怒濤《どとう》の如くメールを送ってくるようになっていた。恵は彼をテレビで見て笑ったことがなかった。テレビの印象では、勘違いしたキザ野郎だと思っていたが、実際に会うと、どこまでも気を配る紳士的な人で、育ちのよさを感じた。普段の彼は、テレビの何倍も面白かった。

メールでのやりとりは、半年続き、「ねえ、今日は何色の下着なの？」「セクシーな写メ送って」と書いてくる男が、最初は少し気持ち悪かったが、恵の返信したメールにいつも素直な言葉で返してくる彼を、どこか新鮮に感じた。メールの下ネタはひどいけど、本当はいい人かもな、と思うようになっていた。

2人きりで初めて会った男は、年下の恵に対しても敬語で話し、とても気遣いのできる人だった。一緒にご飯を食べている最中も、とても面白く、思わず「テレビより面白いですね」と言ってしまった。男と一緒の間、恵はずっと笑いっぱなしで、何だか本当にいい人だな、と思った。

ホテルの部屋で、男は、初めて奇妙な行動に出た。これからセックス、となった時に、A4サイズの一枚の紙を取り出し、恵に見せたのだ。

紙には、手書きで台詞《せりふ》とト書きのようなものが書かれ、「台本の読み合わせの練習相手にでもなってほしいのだろうか？」と思った。

「ねえ、めぐちゃん。ちょっとこの台詞読んでみてくれる？」

「はい。えと、課長、今日はいかがいたしますか？」

「あ、いいね。いい感じ。じゃあ、ここは？」

「私そんなつもりじゃ。あ、課長、やめてください」

「いいね、いいね」

「あの、これ…」

「あ、僕の好きなAVの一場面。めぐちゃんに合うかなと思って。この台本通りに、今日はしてみない？」

「え？　何か恥ずかしいから、やだよ」

「絶対、面白いから」

恵は、男が用意した台本の台詞を読みながら、ト書きに書かれた通りに動いた。

時々、台詞がクサすぎて吹き出すと、

「そこ笑うとこじゃないよ。ムードが台無しになる」と真顔で怒られた。

何かを聞かれて感想を言う箇所があり、それも台詞通りに言わなければならなかった。

そして男は、台本通り、果てた。

「あ、もうめぐちゃん、最高。本当最高だった〜」

さっきまで王様のように威張っていたのに、終わるとまたいつもの彼に戻る。

普通なら怒ってもいいような場面である。だけど、彼のうれしそうな笑顔を見たら、恵は何もかも許す気になってしまった。

「何か、かわいい」

恵より年上の彼が、無邪気でかわいく思えた。

…まったく、男と女は不思議である。

男は、年下の気が強い女がタイプだと言い、それは丸々、恵に当てはまっていた。

いつ会っても、Ａ４の紙は用意されてはいたが、普段とても優しく思いやりのある彼に、恵もだんだんひかれていった。その〝台本プレイ〟さえも、楽しくなっていった。

いつものようなプレイの後、男が突然「大事な話があるんだ」と言ってきた。

「あのさ、めぐちゃん。あまりテレビ見ないかもしれないんだけど、あ、僕が出てるのは見てくれてると思うんだけど、今度の僕が出る番組は、見ないでほしいんだ。何か、番組の企画で元カノと結婚することになってしまって。どうしても断れない。でも本気の結婚じゃないから、何も気にしないで、今まで通り会おうね」

「何かわかんないけど、わかった。番組の企画なのね」

それから、男の言っていた番組は、放送されたみたいだったが、2人は今まで通り普通にデートしていた。人に会った時も「恋人です」とお互い紹介し合っていたので、恵は男とつき合っていると思って疑わなかった。

〝元カノと男の結婚〟の放送があった後、恵と男は、雑誌『FLASH』に載った。2人のことが、雑誌に載ってそれぞれの事務所に連絡があった時、恵は恋人同士だと思っていたので、それが公になっただけだから別にいいや、と思っていたが、彼は相当慌てふためいていた。

『FLASH』の見出しに、不倫の文字が躍っていて、恋人なのにどうして？　と疑問に思った。

「もしもし、恵です」

「ああ、本当にまいっちゃったね。何かごめんね」

「ねえ、何で私たち普通につき合ってるのに不倫ってなってるの？」

「あ、俺、入籍しているから」

「はぁ？」

「結婚したから」

「番組の企画って言ってなかったっけ」

「だから、それは…」

「てめえ、ふざけんな。自分の言ってることわかってんのか。じゃあ、何で普通に会ってたんだよ」

「いや、だから…」

自分が他の女と結婚したことを何も悪びれず、恵にさらっと言う男に、呆れた。

それからは、言い合いになり、大喧嘩。

電話を切った後も、恵の怒りはおさまらず、もう一度電話をしたが、もう彼は出る気配すらない。困ると途端に自分の殻に閉じこもってしまう彼の弱い面が露呈してきた。

「弱虫、バッカヤロー。っんとに、男運悪いな、私」

テレビと違って、いい男だなと思っていたのに、まったく残念な結末である。

妻と別居していたKとの「大人の関係」

不倫スクープの2ヶ月後、今度は『週刊女性』にまた恵の不倫記事が載った。今度の相手は、恵より20歳も年上のKだった。元々、古い知り合いだった2人は、再会したのをきっかけに、頻繁にデートするようになっていた。

Kも、その報道の2ヶ月前に『FRIDAY』で、2人の女性をお持ち帰りしたことを報じられ、その際に開いた記者会見で、「妻とは別居して7〜8年になる」と公言したばかり。Kも恵も、写真誌にとってはいいカモ。また何かないかと、ずっと追いかけられていたのだろう。『週刊女性』の記事には、先日の2人のデートの様子がこと細かに書かれ、それから1年前にパーティーの席で2人を目撃したという人（誰だよ）の、「2人は皆の前でキスをしていたし、Kさんが『俺の彼女』と皆に紹介していた」という証言を元に（だから誰？）、濱松恵はKの本命、という風に締めくくられていた。確かに彼は恵のことを自分の彼女だと紹介し、2人は人前で何度もキスをした。だけど、それは芸人の彼と別れた後の話だ。

親しくなった芸能ゴシップ誌の記者が、「自分たちの記事は、本当のことが1行でもあれば後はページを埋めるためや盛り上げるための尾ひれをつける場合がある」と言っていたが、まったく、その通りだなと思った。恵は、常々「二股だけはするのもされるのもいや」と親しい人に言うほど、男を掛け持ちするのが嫌いだ。去年からKとそういう関係だったとしたら、芸人の彼と二股でつき合っていたことになる。ありえない。

じゃあ、真実は、というと、番組で結婚してしまった件《くだん》の芸人の彼と別れた後、むしゃくしゃしていた恵は再会したKと気晴らしにデートをした。いろいろな場所に連れて行ってもらい、数回大人の関係を持った、というのが本当のところだ。Kが公言したように、恵がマンションに遊びに行った時も、妻とは別居状態だった。

だからといって2人は連絡も頻繁に取り合い、テレビとは違って仲がよさそうだったので、芸能人に多い〝割り切った関係〟なのかと思っていた。独身ではないKは、避妊もきちんとしてくれた。恵だけではなく、他の人にもきちんとしてるんだなと思ったのは、押し入れに大量のコンドームがストックされているのを見たからだ。大人の男として素晴らしいなと感動した。

本当にハンサムで、スタイル抜群で、昔のアイドルっていくつになってもかっこいいんだなと実感した人だった。

薄っぺらだった芸人W

むしゃくしゃついでに、もうひとり、ちょうどいいタイミングで言い寄ってきた芸人Wともデートした。Wは今や飛ぶ鳥を落とす勢いの売れっ子となり、毎日のようにテレビに出ているが、このころは、まだそこまでではなかったように思う。実際に会ったWは、蘊蓄《うんちく》ばかり一人前で、お前の中身はどこだよ？　という、ぺらぺらの薄っぺら。

確かにいい店には連れて行ってくれたのだが、人の行動をじっと見て、こうした方がいい、ああした方がいいと、いちいちうるさく、小姑《こじゅうと》のようで、食べた気にならなかった。そのくせセックスの方は、所要時間10分程度で、あっという間に終わってしまう。Wの結婚をニュースで知った時、「あんな男とよく結婚する女がいたもんだ」と、女の方に感心した。Wは、しょうもない男の典型だった。

〝不倫女〟だと、週刊誌に続けて書きたてられたあたりから、恵を揶揄《やゆ》するひどい内容のメッセージが大量に届き始めた。その中に「子供がいるから慎め！」というものがあり、それには恵は大反発した。

そもそもどうして、顔の見えない、どこの誰かわからない人にそんなこと言われなきゃならないのか。「あなたがそうしたいなら、そうすればいい。子供ができたら人を好きになるのを慎めばいいよ」と、面と向かって言いたかったし、まずその人の顔を見たかったので、文句があるなら恵がご飯やお茶しているところに来てくれればいいのに、と思っていたが、直接文句を言ってくる人はひとりもいない。

毎日のように赤の他人の恵に、こんなメールを寄こす人は、一体どんな一日を送っているのだろうか？　一日中パソコンに張り付いている暇人か。もしくは、不倫女を断罪するくらいだから、自分は料理や家事を完璧にこなし、子供の面倒もよく見て、旦那には毎晩、抱かれている主婦だろうか。その完璧な一日の合間に恵に苦言めいたメールを送っているのか？　それはそれで怖い。

怒る、という作業は結構なエネルギーを費やす（恵は瞬間的に怒るのでよくわかる）が、そのエネルギーを恵に使っている人たちは、自分の時間が無駄になるとは思わないようだ。この人たちが恵に使ったエネルギーを、もし震災後の計画停電真っ最中に、駅前のパチンコ屋に使ってくれていたら、きっとあのパチンコ屋は電球の量を減らしたかもしれない…。

大量の罵詈雑言《ばりぞうごん》が書かれたメールを見ながら、恵はそんなことをぼんやりと思った。月並みな考え方かもしれないが、まったく知らない人の意見は、何も聞けない。

恵に降りかかった〝不倫問題〟は、まだまだ収束しそうになかったが、私生活は何かと慌ただしかった。この時期恵は、13歳から21歳まで住んでいた実家の最後の片付けにも行かなければならなかった。

恵たちが出た後、しばらくして祖母も出て、祖父が建てた二世帯住宅の広い豪邸は物置状態になったままだ。21歳の時に出て以来、実家に入るのは8年ぶりで、祖母と叔父・叔母も来る予定になっている。あの忌まわしい想い出だらけの実家。

〝実家問題〟に比べたら、〝男問題〟は、どうでもいいことに等しかった。

実家の片付けとブラックバカラ

実家は、見た目はまだ新しい感じがしたが、何となく人が息づいてない、どこか古めかしい匂いがした。もっといやな気持ちになるかと思っていたが、そうでもない。祖母と、ママと、叔父夫婦と一緒に「これは捨てる? 持ってくか。あ、懐かしいなあ」とか言いながら、和気藹々《あいあい》とした空気の中で、だけど手は休めずに、どんどん片付けた。

恵たちのいた3階は、何も残っていなくてガランとしていた。2階の祖母の部屋はものがあふれ、一日では片付かないかも、と思ったが、わりとサクサクと片付き始めている。

「ピーンポーン」

突然、ドアチャイムが鳴った。

必死に片付けていた全員の手が止まり、意識が玄関に集中した。

「なんだ？　誰よ。恵、行ってみて」

「え、まじ。誰？」

恵が玄関を開けると、宅配の人が立っていた。

「はい」

「あのう、濱松恵さんに、お届け物です」

「え？　だって、ここにはもう住んでなくて、今日たまたま来てただけなんです」

「でも」。配達に来た人が困っている。

宅配便の人手が足りなくて、忙しすぎるという記事をネットのニュースで見たばかりだった。

「あ、まあいいです。もらっときます」

「ここにサインをお願いします。ありがとうございました」

「こちらこそ。失礼します」

送り主の欄を見たら、本人、となっていた。

「本人？　何だこれ」

「何だったの恵」

ママが来た。

一緒にいた親戚の叔父と叔母も、奥から覗いている。

「わかんない。しかも送り主が本人になってるし」

「あんた何か送ったの？」

「まさかぁ～」

「開けてみな」

「やだよ。怖いじゃん」

「じゃあ、ママが開ける。爆発すると危ないから皆逃げといて」

こういう時のママは、そこらの男よりずっと、男らしくて勇敢だ。

恵が逃げる暇もなく、バリバリッと手で箱を開け始めた。

爆発は、しない、ようだ。

「ぎゃっ」

「どしたの、ママ。何か変なのだった？」

爆発物ではないとわかり、箱の中を覗いた。

（黒？　何？）

「めぐ、わかんないの？　それ、あれ、あの不気味な花」

今度は箱を全開し、中身を取り出した。

中から出てきたのは、あの黒い薔薇。「ブラックバカラ」だった。

今度は、1本じゃなく花束になっている。

「わ、何か凄い花だね。かっこいいけど、怖いな」叔父が言った。

（どうして、ここに？　なぜ今日？　偶然？　誰？）

「花瓶あるから、とりあえずいけとこう。花に罪はないよ」そういって叔母が花と花瓶を持ってどこかに行ってしまった。


皆、疑問だらけの頭で、また片付けに戻った。

叔母がいけたブラックバカラは、出窓に飾られていた。

出窓の上から私たちを監視しているように…。


恵は、最後にもう一度、自分の寝室だった場所に行き、窓を開け放った。

心を病んでしまった時、この部屋でずっと〝死〟のことを考えてたんだ、私。来る日も来る日も。

あのころ、窓の下を見ると、隣の家のお兄さんがよくギターを弾いてて、何の曲を弾いてるのかは結局わからずじまいだったけど、よく見てたなあ。名前も知らないお兄さん。今はどこで何してんだろ。

「恵、どうした？」

窓から見えるお兄さんごとの景色。それが、恵の心に刻まれている実家の心象風景だった。

「ママ。いや、この部屋でいろいろあったな、と思って」

「あんた、男、連れ込んで妊娠したしね」

「人聞きが悪いよ、ママ」

「おかげで、あんなにかわいい杏里が生まれた」

「ママ」

「住んでる時は、早く出て行きたくてたまらなかったけど、こんな立派な家、父さんが私たちと一緒に住むために建ててくれたんだ。感謝しなきゃね」

「この家が売れたら、お祖父ちゃん寂しがるかな？」

ママは、それには答えなかった。

「恵…またこんな立派な家にいつか住みたいね。住めるようにママ、頑張るよ」

「私も、もういっちょ羽ばたくぞ！（笑）」

「そろそろ皆で、ご飯食べに行くみたいだから、下行くよ」

「うん」

最後に、もう一度ぐるりと部屋を見渡した。

ここで、お祖父ちゃんと遊び、初めての大河ドラマの台詞を必死に覚え、それから、愛する彼と暮らした。悪いことばかりじゃ、なかった。悪いことばかりじゃ、なかったんだ。

「ありがとうございました」

小さな声でお礼を言い、部屋に一礼して階段を降りた。

第七章

スケート選手や芸人との恋、そして流産

マイアミでのフィギュアスケート選手との同棲

翌年、三十路になったからというわけではないが、恵はひとりでハワイに飛んだ。日本にこのままいても、ゴシップ誌に延々追いかけ回されるだけで、時間の無駄だ。それなら米国で女優としての経歴を作りたい。ハリウッドに少しでも近づきたかった。

2歳で芸能界に入り、物心ついた時からずっとハリウッド映画に出たいと思っていた。そのことは所属事務所の人も皆、知っていて、応援してくれていた。恵は、勉強はまったくしなかったが、幸い英語だけは話すことができた。

ハワイのコンビニで、毎日のように新聞や雑誌を買い、オーディションを受けた。オーディションの合間には、マクドナルドで接客クルーのバイトもした。

来る日も来る日もオーディションという毎日の中、ある日ディズニーチャンネルの番組に合格する。それをきっかけにジョンというプロデューサーがフロリダのマイアミへ連れて行ってくれ、ゲストハウスまで用意してくれた。

マイアミは前の年、犯罪率の高さと住宅環境の悪さなどが理由で、経済誌『フォーブス』に、全米で最も惨めな都市に選ばれていたが、恵にとってはどうでもよかった。どんな安全な場所にいたって、死ぬ時は死ぬ。そう思っていたので、治安の善し悪しなどどうでもよかった。

ジョンから「気晴らしに行ったらどうだ」と言われ、スケートリンクへと出かけた。6歳から13歳までアイスダンスを習っていた恵は、この日も結構楽しく滑っていた。

休憩しようと思い、リンクのそばのベンチに座った。

「Hey.」

「Hi.」

男が話しかけてきたので、適当に返す。

「Japanese?」

「Yes.」

靴紐を直す振りして下を向いたまま答えた。

（ナンパかよ。今日は思いっきり滑りたかったのに面倒くさい）

「You are so awesome.（君、凄いよ）」

恵はようやく話している男の顔を見た。

「Adrian?（アドリアン？）」

目の前には、スウェーデン代表としてバンクーバー五輪に出場していたフィギュアスケートのアドリアン・シュルタイスがいた。

「Aren't you?（だよね？）」

「Yes.」

アドリアンと恵はスケートの話で意気投合し、その日から暇があればスケートリンクに通い、アドリアンと話し、だんだん親密になっていった。

「Do you want to come over?（僕の家に来ない？）」

「Of course.（もちろん）」

そして、同棲が始まった。

彼は恵の生活の面倒を見るようになり、恵はスーパーで買い物をしてご飯を作った。すぐに夫婦同然のような生活になった。

ある日、アドリアンと恵が歩いていると、ひとりのホームレスが道ばたに座っていた。お腹を空かせているようだった。

「Are you OK?（大丈夫？）」

ホームレスに話しかける恵の手をアドリアンがひっぱり、2人はそのまま目的のレストランに入った。

「Why did you talk to such a man?（どうしてあんなやつに話しかけたんだ）」

「Do you pretend not to know about his hunger?（お腹が空いてるのにしらんぷりするの？）」

「It won't help him.（助けるのは本人のためにならない）」

アドリアンは、スウェーデン人だったが、たいていの米国人と同じ考えだった。アドリアンの言う通りかもしれないけど、恵はどうしても納得がいかない。2人は大喧嘩し、家に帰る途中にあるスラム街で、恵は車をおろされてしまった。

数人のいかつい黒人がたむろしている。ひとりと目が合った。

「H, hi.（は、はい）」

「Hi, miss. What are you doing here? Are you OK?（よおお嬢さん、どうしたんだこんなところで。大丈夫か？）」

「OK, but a little thirsty.（大丈夫。少し喉が渇いてるけどね）」

「Here, take this.（のみな）」

男がペットボトルに入った水をくれた。

「Thank you.（ありがとう）」

「Do you have a roof over your head?（帰る家はあるのか？）」

「Yes.（ある）」

「OK, I'll take you to the police station, get in my car.（じゃあ、警察につれてくから車に乗りな）」

そう言って恵を助手席に乗せてくれた。

恵が増えたので、後ろがギュウギュウになった。

「Do you feel cramped?（ごめんね。大丈夫?）」

「No problem.（まったく問題ない）」

車の中は、いい香りがした。何だろ。薔薇の香りのような。

「Oh lovery scent.（いい香りがする）」

「Black rose.（ああ、ブラックローズさ）」

「Black rose?（ブラックローズ?）」

運転をしていた男が、ダッシュボードを開けた。

中から、黒い色の花びらがたくさんこぼれ出た。

助手席は、薔薇のいい香りにつつまれた。

（黒い薔薇だ。また黒薔薇）

「It's...（これは…）」

「This is rare roses. The roses bloom near river Euphrates in Turkey. My friend brought me as souvenir!（真っ黒な薔薇なんて珍しいだろ。トルコのユーフラテス川のほとりにしか咲かないんだ。友達がお土産にくれたんだよ）」

花びらは高級なベルベットのように美しく、真っ黒だった。

「It's beautiful, the petals are beautiful too.（花びらだけでもきれいだね）」
「Yeah.（ああ）」

恵は、本物の黒薔薇を、初めて見た。

あっという間に警察に着き、事情を話してアドリアンの家に無事帰ることができた。

黒人たちは、恵がスーパーで買い物をしていた時、「アジア人は気にいらない」というだけの理由でものを投げつけてきた金持ち風の白人のおばさんより、ずっと思いやりにあふれていた。

アドリアンは世界的な有名人だったのに、自分のFB（Facebook）に恵のことを、「僕の彼女です」と言って載せた。恵もその後、自分のブログに2人のツーショットを載せた。

FBの2ショットの写真を見た日本のファンが、すぐにアドリアンに「その女はやめた方がいい。すっごいあばずれだから。日本でいろんな男と噂になって」というメールを送ってきたが、それを見て「日本人はなんで過去のことにすぐこだわる。馬鹿みたいだ」と言って笑い飛ばし、そういう内容のメールを返した。

ファンには悪いが、日本の男は本当に情けない、と思っていた恵は、その彼の行動に気分がスカッとした。

いったん帰国した恵だが、またアドリアンと住み始めた。

何となく、結婚の話も出始めていたが、喧嘩の度に日本人を侮辱するようなことを言うアドリアンにだんだん嫌気がさし、結局帰国することにした。

結局、治安が悪いといわれるマイアミでも、恵は一度も危ない目に遭わなかったのである。

不倫が横行するテレビ局

帰国した年の春、恵は、5年間お世話になったスターライズを離れ、株式会社アルファワン・プランテーションへ移籍。2歳でスタートした芸能生活は、30年を迎えていた。

女優とモデル業の両輪で進んでいた恵だが、帰国後もハリウッドへの映画出演の夢はあきらめず、プロデューサーのジョンとは連絡を取り合っていた。

フロリダの生活で身についた英語力が錆びないように、普段の生活でも英語ができる友人と話す時は、なるべく英語で話すようにしていた。

「人は、そのまま何も考えずに生きていると、水のように低きに流れるらしい」と昔、聞いたことがあった。確かにその通りだ。それからは自分にできることは最大限、努力することにした。

芸能人というのは、役所仕事や会社員のような規則正しく就業時間が決まっている仕事と違って、自分の好きなように時間が使える。一日中ぼーっとテレビを見ていても、寝ていても同じ一日は過ぎていく。

「職業はモデル」を、通用させるためには努力しないと体型をキープすることなどできない。恵は、モデルの仕事を続けるためにストレッチと厳しい食事制限を続け、女優業のためには、空き時間になるべく映画やＤＶＤを見るようにしていた。

そして、いつかハリウッド映画に出演して、家族（もちろん愛犬も含めて）に、もっといい暮らしをさせてあげたかった。

米国のマイアミに住んだ時にわかったことは、海外で俳優として認められている日本の芸能人は、真田広之と菊地凛子《りんこ》しかいないということだった。

真田広之は日本でも大活躍し、知らない人がいないほどの俳優だが、菊池凛子は、日本より先にアメリカで成功している。だから、恵も日本の芸能界と海外は別物だと、どこかで思っており、スクープされた時に本音を言いすぎて炎上しても、あまり気にならなかった。

実際、テレビではすごくいい人に見えたり、竹を割ったような性格でさっぱりして見えている人が、ねちねちしたいやみくさい人だったりすることは多い。逆に世間的に叩かれている人の中には、意外に優しくていい人が多いのも事実だ。

日本の芸能界は、一部の実力者を除いては、偉い人に媚《こ》びをうまく売る人が出世できる。口が堅い枕タレントも、男女問わず売れっ子になれる。「あの人、一般人だったらきっと嫌われるだろうな」という人たちが、お互いを蹴落としたり、裏切ったりしながら熾烈《しれつ》な競争を繰り広げているというのが、日本の芸能界の実情だ。恵のような正直者は、時々裏切られ、ひどい目に遭うことも多い。それは男女の関係においても同じだった。

翌年、株式会社サムライムへ事務所を移籍した恵は、すぐにドラマに出演する。そこには、モデルから大女優への道を歩き始めた女優も出演していた。その人は実力で勝負するより、出世を重視するタイプの女優だった。あまり売れていない俳優や、格下のスタッフにはあまり愛想よくないのに、偉い人にはわかりやすく媚びを売っていた。

「恥ずかしくないのかな。まあ、ないんでしょうね」

「売れれば勝ち、だもんね。でもみっともないけど」

その女優が媚びを売っている姿を見る度に、陰で、こんな会話をしている演者も見かけた。

恵は、裏表がある人も苦手だが、陰でそんなことを言う人はもっと苦手だ。それに陰口をたたいたらひがんでると思われかねないし、自分にとって何の得にもならない。

だからといって、自分より下の人たちにつんけんする必要はない。その女優さんも、偉い人ばかりじゃなく、皆に優しくすればいいのに、と恵は思った。

もちろん、売れている女優さんの中にも、まだ子供だった恵にも分け隔てなく優しく接してくれた黒木瞳さんのような人もいる。黒木は一時期よく叩かれたりしていたが、実際はとてもいい人だ。

一方、あのいやな女優が叩かれているのは見たことがない。心底いやなやつなのに、世間の人にも、さっぱりとしたいい人という印象が浸透している。きっと媚びを売るのに成功し、偉い人にしっかり守ってもらっているのだろう。

今のところ芸能生活が波瀾万丈すぎる恵と、順風満帆に見えるあのいやな女優との共通点といえば、〝男が切れない〟ということくらいだった。

「それも、何だかなぁ。ま、いっか」

幼いころから私生活で、いろいろありすぎた恵は、とにかく他人のことまでとやかく考える時間はなかった。そして、人にとやかく言われるのもいやだった。人は人、自分は自分だった。

ドラマの撮影は滞りなく終わった。

撮影中のその女優は、モニターを通して見ると、さっぱりした人にしか見えなかった。

「お疲れ様でした～。お先に失礼します～」

マネージャーが先に下で待っている。急いでスタジオを出て、エレベーターに乗ろうとしたら、見たことのある女がいた。バラエティーによく出ているアナウンサーだ。テレビではわかりにくいが、意外に化粧が濃く、全身ブランド品で固めていた。

「失礼します」

あまり知らない者同士の礼儀として、挨拶をしてエレベーターに乗り込んだ。

「ああ、お疲れ様〜」。アナウンサーと一緒だった年配の男が恵に挨拶を返した。アナウンサーの女はその2人の様子を一瞥し、年配の男に甘え始めた。

「じゃあ、絶対連れて行ってくださいね。あ〜、ハワイ超久しぶり〜」

「売れっ子だから、なかなか暇がないよな」

「そうなんですぅ〜。でも番組で行けるなんてうれしい〜」

テレビで見る限り、特にぶりっ子キャラでもなかったが、男の前では目一杯、上目遣いでぶりぶりしている。

古いエレベーターは、なかなか目的地の1階に着かない。

そのうち、2人は恵の存在を無視して、音をたててディープキスをし始めた。

途中、若い男のスタッフが乗ってきたが、2人を見ても平気そうにしている。

ぐちゅぐちゅという音が、静かなエレベーター内に響き始めた。

横目で見ると、男は女のスカートを片手で上にあげ、もう片方の手でノーパンの下半身を弄っていた。

「ああん、やだぁ〜」

「ほら、よく濡れたあそこを皆にも見てもらいなさい」

「やだ、恥ずかしいよ〜。ああ〜ん、はあ〜ん」

テレビ局でも、不倫がかなり横行していた。

ようやく1階に着いた。今度は無言のままエレベーターを降りた。挨拶するのは無粋だと思ったからだ。

恵の、電話が鳴った。

「もしもし。うん、うん、わかった」

電話は、最近仲よくなり始めたYからだった。

待ってくれていたマネージャーに近くの駅まで送ってもらい、Yの家がある駅まで電車に乗った。

Yの家は、都内ではなく、神奈川県の果ての方だったが、最近、恵は毎週土日になると、Yの家へ遊びに行っていた。

自分の家はママと娘がいてぎゅうぎゅうだし、かといって外で頻繁に会うと、また週刊誌に撮られて騒ぎになる。Yは、前にスクープされた2人と違って独身だったが、笑いも取れるダンスユニットとして徐々に人気が出てきており、今撮られるのはまずい。それで、2人はYの家で会うことにしていた。

できちゃった結婚をした芸人M

きっかけは、妙な縁だった。

恵は、元々Yの相方のMとつき合っており、Yには、Mの相談をいろいろしていた。

「Mとした後、冷たくなったんだけど、いつもそうなのかな」

「何でだろうね」

Yは、理由を知っているのか、下を向いた。

「何か知ってるなら教えてほしい」

「…うん、ちょっとわかんないけど…」

「よお」

常連のような男が店に入ってきて、Yに声をかけた。

「元気?」

「彼女?」

恵を見て、聞いてきた。

「いや。友達の彼女」

「へえ〜、かわいいじゃん。はじめまして」

男はそう言って、Yの横に座った。

「はじめまして、恵です」

「恵ちゃんか。で、誰の彼女なの？」

「いきなりですか？」

「Mとつき合ってるんだよ」

「ちょっと！」

「Mって…？　Mだよね」

「あ、はい」

「あのこと、言ってないんだ」

「何も」

「何かあるなら教えてください」

「あいつ、婚約者がいてもうすぐ結婚するから」

「嘘！」

Yは、下を向いている。

「Y、本当なの？　なんで言ってくれなかったの」

「俺、本当知らないから」

「お前が知らないわけないけどな。恵ちゃん、あいつ、今日も彼女といるはずだから。電話してみて。でさ、聞いてごらんよ」

「俺、今日は帰るわ」

そう言うと、Yは帰ってしまった。

恵は、すぐにMに電話をかけた。

「はい」

珍しく2コールで出た。

「私、恵、ちょっと聞きたいんだけど、婚約者いるって本当？」

「あ、えと、また後でかける」

と、言って電話は切れた。

「ねえ、Mじゃなくて、俺と遊ばない」

「ごめんなさい。私ももう帰ります」

その日を境に、Mは、恵がいくらかけても電話に出なくなった。

そして連絡が取れなくなった数ヶ月後、Mは、できちゃった結婚をした…。

どうしていいかわからなくなった恵は、夕暮れの歩道橋の上で、ひとりたたずんでいた。日曜の西新宿は、オフィス街ということもあり、人がまばらだ。時々、ホテルに向かう色とりどりの服を着たキャリーケースを持った団体が、大声で会話しながら闊歩《かっぽ》しているくらいだった。

しばらくその様子を眺めていた恵は、携帯を取り出し、電話をかけた。

「あ、もしもし？　私、本当にどうしていいかわかんないよ」

電話を切った恵は、電車に飛び乗った。

平日と違って、夕方の日曜日は帰路につく人で、のんびりとした平和な空気が流れていた。電車の窓から、暮れていく町を見ていると、家のあちこちに灯りがつき始め、そのどれもが幸せそうに見えた。

犬を散歩させている人、乳母車を押している若い夫婦、部活帰りのような格好の若者、微妙な距離を保ちながら楽しそうに歩いているカップル、みんな、恵よりずっと地に足を着けた生活をしているようで、なぜかうらやましくなった。

電車を包んでいた夕暮れは、だんだん薄い青になり、突然、夜になった。

Yとは友人から恋人同士になった

ようやくYの暮らす駅に着いた。改札を出たら、Yがいた。

「ごめん、ありがと…」

「元気だせ、と言っても無理か。何か食べよう」

Yは、いつも以上に明るく言い、恵を気遣った。

友人になった2人は、駅前の近くの居酒屋に行き、飲んだ。

「あいつ、本当、ひどくない？」

「だよな」

「ねえ、本当は知ってたんじゃないの」

「いや…」

「ま、いいけど。もう男運なさすぎ〜」

その夜、２人は、終電の時間を忘れるくらい飲んだ。

結局、その日は、Ｙの家に泊まった。

「おはよう。ねえ俺偉いよね。泊まったけど何もしないなんて」

「当たり前じゃん。友達の彼女だよ」

「もう、元だろ」

「そう、だね」

「あ、ごめん。そういうつもりじゃ」

「いいよ」

「何か食べるか？」

恵が寝ている間に、買い出しに行ってきてくれたらしい。

「ありがと、でもあんまり食欲ない」

恵は、心労が続いたせいか、過食嘔吐と拒食を繰り返す、摂食障害になっていた。

「ちゃんと食べろ」

「ありがとう」

その日を境に、恵はYの仕事が休みになる土日になる度、家まで電車で通った。

時々、泊まるようになっていたが、2人は友人のままだった。

ある朝、恵が目覚めると、顔の上に何かがあった。

「ん？　何これ」

触ろうとして、それが何かがわかった恵は「きゃっ」と叫んだ。

「ごめん。面白いかと思って」

Yが、裸で恵の顔の上をまたいでいたのだ。

「アハハハ、やめてよ。うけるんだけど」

「ごめん。でも俺、なんかさ」

恵は、悪いと思いながら、裸のYをまじまじと見た。

細いのにダンスで鍛えた筋肉が美しく、恵の好きなタトゥーも入っている。

肌は、体毛がなく美しかった。

(あ、私この人のこと好きかも)

そう思った瞬間、Yがキスしてきた。

友人から恋人同士になった2人は、その日を境に会う度に、した。

お互いに、結婚してもいいかな、と思っていたので、避妊はしなかった。

「おかしいな」

順調だった恵の生理が、予定日を10日過ぎても、まだこない。

「まさか、ね」

薬局に妊娠検査薬を買いに走り、トイレに駆け込んだ。

結果は…陽性だった。

流産したのにメディアでは中絶したことに

彼に妊娠のことを告げようとしたが、反応が悪かったらどうしようと思っているうちに、時間だけが過ぎてゆく。

「できたみたい」

結局、電話ではなく、ＬＩＮＥで報告した。

すぐに返事があり、一緒にＹの会社の近くにある新宿の病院に行った。

やはり、妊娠していた。

恵は、産むつもりだったが、彼は結論を出せずにいた。

事務所同士の話し合いが始まり、恵の所属事務所の社長は、ＹとＹの事務所に対してカンカンだった。話し合いが1ヶ月ほど続いていたある日、恵は体に異変を感じ、Yと一緒にまた病院を訪れた。

Yは、結論が出せないまま、悩んでいた。

病院に行き、検査をしてもらった。

恵は、流産していた。

恵の流産がわかった時、Yはほっとするんじゃないかと思ったが、予想に反して落ちこんでいた。

病院に行った数日後、その時の2人の様子が『FLASH』に載った。

内容は真実とはかなり違い、彼の女遊びが激しく、恵が妊娠した時も「責任は取らないけど、おろすなら金出すよ」と言ったと書いていた。誰が、どこでそんなことを聞いたというのだろうか？　しかも、彼が口にしていないことを。

恵が流産した日、なぜか記事は、中絶しに行ったことになっていた。とんでもない嘘記事だった。

記事がひどすぎたので、「流産」の診断書をブログで公開したが、それでも、中絶した、という嘘の記事をいろいろなメディアが書き立てるので噂は広がるばかり。

また、マスコミが怖くなった。中絶と流産は、まったく別物だ。嘘を本当のように堂々と書き、それで人生が狂う人がいても平気な人たち。流産で悲しむ恵と苦しむYを、面白おかしく書き立て続けた。

恵やYのように、力を持っていない者のことは容赦なくいじめるが、強い人の言うことは犬のように尻尾を振って聞くゴシップ記者たち。

最低――。

そして、恵の流産をきっかけに、2人は、別れた。

病院に通ったり、写真誌の対応をしているうちに恵は疲れ果てていたせいか、哀しい気持ちもあったが、結論が出たことでどこかほっとしていた。

人懐っこくてかわいかった若手芸人

しばらく自宅で養生をしていた恵だったが、六本木で行われるレコード会社のパーティーに誘われた。

「気晴らしにどうかな?」と誘われ、あまり気はすすまなかったが、ふらりと行った。

会場が思った以上にキラキラしていて、何となく疲れてしまい、座って煙草をふかした。

「こんばんは。はじめましして」

「こんばんは」

最近、テレビでよく見る若手の芸人が声をかけてきた。

「楽しんでますか？」

「まあ」

「楽しくないんすか。僕でよければ楽しませましょうか」

「はあ」

「何かかっこいいっすね。煙草吸ってる姿」

「そう？」

「姉さんって感じで。めぐ姉さんっすね」

「何それ（笑）」

「ちょっと笑いましたね」

男は、テレビで見るのと同じように人懐っこくてかわいかった。

おまけにノリもいい。

売れっ子独特の輝きがあり、その明るさに救われる気分だった。

「ちょっと出ませんか」

「いいね」

2人は、パーティーを抜けだし、男がよく泊まっているという秋葉原のビジネスホテルに泊まった。男は、年下なのに、ホテル代もタクシー代も全部払ってくれ、みみっちさがどこにもなかった。

そんな男が気に入り、何となく流れでしてしまったが、セックスの最中も明るく、若いからか、体位をあれこれ変え、恵にとっても楽しい時間を過ごせた。

「気晴らしになるなら」と誘われたパーティーだったが、思った以上に気晴らしになってしまった。芸人は、もうこりごりだと思っていた恵だったが、この若い芸人の男と仲よくなって、本当によかったと思った。

自分より頭がいいことを言う娘に同情している場合ではない

「杏里？　何してる？」

杏里は、恵の言葉に返事はせず、何かをパソコンで調べていた。

娘が、パソコンをやめるまで、恵は待った。

「ねえ、ママ元気になったから、今度買い物に行こうか」

杏里は、恵の方を振り返ったが、何も言わない。

「前からほしがっていた家具買いに行こう」

恵の顔を見たまま、うれしそうにうなずいた。

「いつがいいかな」

娘は、自分の手帳を取り出し、予定表を見ている。

「この日はどう?」

恵のさした日に、印をつけた。

杏里と約束したことは、そう簡単には変えられない。変えると混乱して動けなくなる。

恵も忘れないようにしないと…と思った。

「じゃあ、お邪魔しました。またね」

「じゃあ、またね」


生まれつき、アスペルガー症候群と高機能自閉症という障害を抱えている娘は、言語に遅れがあるため、今は家族や主治医など、一部のごく親しい人を除いて会話をすることができない。

またコミュニケーションを取る能力がないため、人の言動や表情を、そのまま受け取る。ギャグを言ったりわざと怒ったりするのは厳禁だった。

一方、知能的にはまったく遅れがないどころか、興味のあることに対しては、記憶力がよい。

つまり、頭はいい。

この障害のことを人に言うと、よく知らない人は話せないのかと思うようだが、話せないのではなく、人より言葉が遅いだけで、成長するごとに会話は容易になる。最終的には普通の人と変わりなく話せるようになるらしい。

恵は、障害を持つ娘を不憫《ふびん》だと思うことが一度もなかった。時々、恵より頭がいいようなことを言うのに、同情なんかしている場合ではない。恵がわからないことがあると、丁寧に調べ、教えてくれる。

最近は知識や情報の面で、助けてもらうことも多いのだ。追い越されて馬鹿にされないように、頑張らなくてはと、常々思っている。

キレて暴力をふるった男

いつの間にか、夏が来ていた。

恵は、イベントで九州の宮崎に行き、ひとりの男と出会った。

客で来ていた男に一目惚れをした恵は、社長に手紙を書き、九州に戻った。

男は妻子がいたが、ＬＩＮＥで離婚届を見せられ、すぐに同棲を始めた。

男の体には恵の大好きなタトゥーが、人よりうんと多めに入っていて、「あれもタトゥーというべきか」と一瞬、思ったりもしたが、何より顔が好みだったので、最初はあまり気にならなかった。

熊本で大きな地震があった直後だったため、解体の仕事をしていた男について、恵も熊本の被災地へ行った。2人はホテルに滞在したが、そのうち、恵がホテル代を出すようになり、男は時々、キレて暴力をふるったり電話線を切ったりするようになった。「あ、私もしかして危ないかも」。思い立ったが吉日。恵は素早く荷物をまとめ、東京へ逃げ帰った。

海外でもあまり危険な思いをしたことがなかった恵なのに、安全なはずの国内で、結構やばい思いをした。人生の落とし穴はどこに潜んでいるか、まったく予想ができないのである。

東京に戻った恵は、また飲み会に呼ばれるようになっていたが、あまり行く気になれなかった。仕事が休みの日は家族でディズニーランドへ行ったり、親友と食事に行ったりしていた。

さすがの恵も、少し男に懲りていたのかもしれない。

第八章

テレビでの対決とヌード写真集、そしてクズと嘘つきがはびこる芸能界…

アナルセックスを強いてきたトリオ芸人のひとり

２０１６年の11月、恵は株式会社サムライムからモデル事務所の株式会社シンフォニアへ移籍。所属していたサムライムは居心地もよく、いろいろな面で大変な時に助けてくれていたのに、ちょっとした気の迷いで移籍してしまった。

ブログでは移籍したばかりの恵が、新しい事務所のみんなと写真におさまっている。この会社と、後に大もめにもめるとも知らずに笑顔の恵。やはり運気が落ちてきていたのかもしれない。

新しい事務所に移籍する2ヶ月前の9月、恵は久しぶりに気軽そうな飲み会を選んで参加した。暇があれば、パーティーや飲み会ばかりに行っているようだが、実際はそんなこともない。家族や友人と遊びに行ったり、家にいることも多かった。

家にいる時の恵は、ＤＶＤを見ているか、ゲームをしているか、料理をつくっているかのどれかだった。そして、テレビにあまり出ないから仕事が暇ということもなく、仕事や打ち合わせは、ほぼ毎日のようにあった。

その日の飲み会は芸人ばかりで、その中の数人と恵は連絡先を交換した。そのうちのひとりと、ゲームや映画など共通の趣味が多いということで、すぐにやりとりするようになった。10月になって2人で会うことになり新宿駅の東口で待ち合わせ、歌舞伎町のカラオケボックスに行った。地下のレストランで食事をし、流れで同じ歌舞伎町のラブホテルに行った。

男はトリオで活動している芸人グループのひとりだった。このグループは芸達者で、昔からのコアなファンも多い。恵は、特別ファンではなかったが、テレビで見て「面白いな」と思っていた。

イケメンに疲れ切っていた恵は、木訥《ぼくとつ》とした男の様子にも、妙に安心し、会って2回目で昔からの知り合いのように馴染んだ。ラブホテルの部屋は7800円で、「2000円でいいよ」と言われたのには、驚いたが、それでも一緒にいて気が楽なので、そのくらいいいかと思い支払った。

彼は、ホテルに入ってすぐ自分の込み入った〝私生活の事情〟を恵に話し始めた。

「あのさ、俺、同居している人がいるんだけど、あくまでもビジネスパートナーで、愛とかはないから。仕事のためにどうしても一緒にいなきゃいけなくて、寝室ももちろん別だから。先に言っとくね」。そう言って恥ずかしそうに笑った。

「ありがとう。でも最初からそんなこと聞いてよかったの？」

「ああ、君には知っててほしかったから、俺の本当の気持ち」

「うん、わかった」

人にあまり言っていないような秘密を、最初に話してくれた正直さにも好印象を持った。この出来事があって、彼のことを、必要以上に信頼したのかもしれない。

木訥とした様子とか外見とは違い、夜は、思いっきりドSだった。恵のいやがっている姿を見ると余計に燃えるようで、「いやだ」と言っても、「やめて」と言っても、まったくやめてはくれない。

セックスも一度始めるとだらだら長く、その最中には恵がいやがることばかりではなく、気持ちがよくなることもたくさんあった。彼の腕枕で横になっている時も、昔からの夫婦のように何も気を遣わない。いろいろととりとめのない話が尽きず、頻繁に会っていても飽きることはなかった。

そのうち、彼は「君との子供が欲しい」と、恵に言うようになり、この人となら暮らせるかも、と思い始めていた恵も、その言葉がうれしかった。

2人は、避妊せずにセックスをするようになった。時間もだんだん長くなり、夕方から翌日の昼までとか、仕事がない日は朝から会って、夜までとか、気がついたら12時間くらいは当たり前、というようになっていた。

会う度、男は恵との子供を欲しがり、2人はせっせと〝妊活〟をした。

「なあ、離れている間も、セックスしようよ」

「どうやって？」

「ＬＩＮＥで」

「ＬＩＮＥで？」

それから、会えない時には、ＬＩＮＥでＨな言葉を送り合うようになった。

恵は、ＬＩＮＥのセックスが少し苦手で、その時仲よくしていた女友達に相談に乗ってもらい、返事の言葉を教えてもらう時も多かった。

ついていけない面もあったが、それでもついていきたいと思うようになっていたのは、彼が恵に結婚を意識させるようなことを頻繁に口にし始め、恵も彼との結婚が、現実になってもいいなあと思い始めていたからだった。

ある日、彼のものが、その最中に、恵の前ではなく後ろに何度も当たった。

「ねえ、さっきから違うよ」

「ん？」

「違うとこに当たってる」

「こっちでしたことある？」

「あるわけないじゃん」

「ないの？」

「ないよ」

「してみていい？」

「やだ、ダメ」

「ちょっとだけ」

彼はそう言うと、恵のお尻全体にたっぷりローションをひろげた。

「やだ」

「大丈夫」

急に、異物が入ってこようとした。

「痛い！　痛いから、やめて」

「ちょっとだけ我慢して」

「痛い。本当に」

彼は恵の尻を両手で思いっきり開き、容赦なく、自分のものを突っ込んだ。

「痛〜い！　まじダメ」

痛がって泣きわめく恵を見ながら、彼はゆっくり動き始めた。

普通なら突き飛ばすところだが、なぜか彼にはできなかった。

激痛の中、恵は彼の欲望を受け入れた。

終わった後、体を洗うためにお風呂にいった恵は、床に流れた血を見て倒れそうになった。

恵のお尻が切れて、血がなかなか止まらない。

血が止まっても、ジンジンして座ることすらできない。

そのまま、タクシーを呼んでもらって、病院へ行ったら、「裂けているので縫合します」と言われた。

「今日はごめん。大丈夫だった？」

彼からＬＩＮＥが入った。

「うん、何とか大丈夫」

恵は、彼のことを信じ切っていた。


２人の付き合いが５ヶ月目になろうとしたころ、彼とのことがスクープされてしまった。

また『ＦＬＡＳＨ』だった。『ＦＬＡＳＨ』のしつこさに恵は、参ってしまった。

「これじゃ、記者の名刺持ってるだけのただのストーカーじゃん」

思わず、大きなひとり言が出た。

報道の内容は、２人のＬＩＮＥのやりとりが主で、卑猥な言葉であふれていた。

このＬＩＮＥの内容を持っているのは、彼と、自分、それから、相談にのってもらっていた友人だけだった。

その友人は、わりと最近仲よくなった子だったが、ノリがよく、恋愛経験が豊富だったのでつい信用して相談していた。

その子を知る、他の友人からは、「あいつとはあまりつき合わない方がいい」と言われていた。それなのに、恵は皆の忠告を聞かずに、その子に相談し続けた結果、こんなことが起きてしまった。

(どうしよう。売られたんだ。馬鹿だ、私)

報道されてすぐに、彼からＬＩＮＥが入った。

てっきり恵のことが心配で連絡くれたのだろうと思って見たら、「そっちの事務所、何て言う?」だった。

あまりにそっけない事務的な言葉に、一瞬、愕然としたが、恵も急いで返信した。

「ＬＩＮＥまで出ちゃってるから、ごまかしようがないよね」

そう返信した。

もし、これで結婚することになるなら、それでもいい、と思っていた。

だから、嘘はつきたくなかったし、嘘をつく必要もないと思っていた。

彼から、次の返信はなかった。

その夜は、不安で一睡もできず、恵は親友に電話をかけた。

「もしもし、彼から返信がまだないよ」

「今日は、きっと事務所の人や仕事関係の対応に追われて大変なんだよ。彼のこと信じてるんだよね」

「うん」

「じゃあ、今日はもう寝た方がいい。自分が思ってるよりずっと疲れてるはず」

「うん。ありがとう。おやすみ」

「おやすみ」

「あ、明日、彼から電話あるよね」

「うん」

「おやすみなさい」

「おやすみ。ちゃんと寝るんだよ」

電話を切った後も、なかなか眠れず、彼に言われたことをいろいろ思い出していた。

「俺は、恵との子供が欲しいんだ」

外が明るくなり始めるまで、その言葉が、頭の中をぐるぐる回っていた。

それ以来、恵が連絡しても、彼が返信してくることは一切なかった。

悪質な編集をした『バイキング』

悲しい気持ちのまま、月日だけが過ぎていった。

恵は、彼がそのうち連絡をくれるだろうと、どこかで信じながら、仕事に奔走していた。

恵のマネージャーは若くて経験が浅かったので、業界のことを恵が教えることも多かった。それでも報道後に、落ち込む自分のそばにずっといて明るく励ましてくれ、自分と一緒に一生懸命動いてくれる彼の存在がありがたく、全面的に信頼していた。

報道後、いろいろなテレビ番組からオファーが相次いだ。その中から、いくつかの番組に出演することにしたが、最後まで出演するかしないか迷ったのがフジテレビの『バイキング』だった。一番熱心に何度もオファーをしてくれたのだが、以前、出演した時の印象が悪く、どうしても出る気にならなくて断り続けていた番組だった。『サンジャポ』と『PON!』の取材に答え、結局、『バイキング』に出る決心は、なかなかつかないままだった。

この間に、彼の方は、一緒に住んでいる彼女のことを裏切りませんとツイートし、「すでに裏切ってることばかりしてるのに、よく言うわ。頭の中、どうなってんだろ」とさすがに思った。彼が一緒に住んでる女は女で、ブログに彼と自分のツーショットをこれ見よがしに載せ、「あざといな」と思ってしまった。

それから、彼はテレビで恵とのことを冗談にして話した。笑いにして逃げようとしたみたいだが、笑えないどころか、これが完全に恵の怒りに火をつけた。タイミングよく、翌日、ネットの生配信番組に出演予定だったので、番組で全部ぶちまけることにした。

もし、週刊誌の報道がなかったら、私と彼は箱根に子作り旅行へ行く予定だった。彼は、「ビジネスパートナーの女が待つ家に帰るのが、本当にいやだ。体の大きな人も苦手」とよく恵に言っていた、という話も生配信で話した。卑怯な手を使って人を裏切り、逃げ続ける人をかばう必要などない。それが恵の考えだった。

前後して、雑誌社からグラビアのオファーが相次ぎ、『週刊大衆』『ＦＲＩＤＡＹ』と、立て続けに撮影が行われた。

撮影後も、別の生配信の番組の録りがあったり、皮肉にも恵は、恋をなくした代わりに仕事が増え、バタバタと忙しくなっていた。

２０１７年4月9日、この日、恵は、今世紀最大と思えるほど馬鹿な女と出会う。

恵は結局オファーされ、最後まで迷っていたフジテレビの番組『バイキング』への出演を決めた。恵の報道が世間を賑わせたころ、それに便乗するように、会ったこともない女が、恵のことを「当たり屋のような人」とツイートしていた。

その女は、恵とは、まったくの赤の他人で、その人にそんなことを言われる筋合いはなかったが、『バイキング』が、さらにその女に便乗し、2人の公開対談を企画し依頼してきたのだ。

女は、数年前にKの彼女だと言ってテレビに出始め、その勢いでタレントになってしまったらしく、名前を加藤紗里といった。女は、芸歴も歳も上の恵に向かって、最初から最後まで失礼だった。

『バイキング』に出演を決める際、スタッフの人と何度も話し、内容を確認したにもかかわらずオファーしてきたものとはひどく違っていた。

番組スタッフの中には、ちんぴらを彷彿《ほうふつ》とさせる態度の人もいて、その人がなぜか恵のマネージャーにけんか腰に突っかかってきた。最初の話と違うので、違うんじゃないでしょうか、と言っただけなのに、喧嘩のような真似をしてくるなんて…思わず目を疑ってしまった。

オファーしてきた番組の趣旨は、「加藤さんが、Kさんの騒動の時に、濱松さんに電話をしたという内容がネットに出回っていますが、『私じゃない』と文句があるようなので、ヒートアップする分には構いませんが、喧嘩をさせる意図ではなく、その真偽を明らかにしていくイメージです」となっていた。マネージャーが何度も、この内容以外は話しませんのでと伝え、双方が納得した上で収録が行われたはずだった。が、実際、現場に着くと、打ち合わせをした後、恵とマネージャーは長い時間、待ちぼうけをくってしまった。加藤が先に冒頭部分で流されるものを録画していたらしかった。

1時間以上経ったころ、「向こうから歩いてきてください」と言われて収録がようやく始まり、先に座っていた加藤のもとへ恵が行く形となった。

加藤「なんて呼んだらいいですか？」
濱松「どうぞ、お好きなように」
加藤「じゃあ、濱松のおばさんで」
という会話で、収録はスタートした。
収録中、加藤はずっとスタッフが出すカンペを読んでいた。
「言いたいことがある」といって、恵を呼び出した彼女は、スタッフが用意したカンペをひたすら読み、恵だけがすべて自分の言葉で返答し、このやらせのような収録は終わった。阿呆らしかった。

挨拶もしなかったちんぴら風情のスタッフが、収録中、なぜか恵のマネージャーに「ねえ、本当に映画の話なんてあったの～？」と突っかかってきて、マネージャーが携帯に入っていた台本を見せると、つまらなそうな顔で「ふぅ～ん」とだけ言った。この小学生以下のスタッフの対応をみて、恵は呆れるしかなかった。

他の局とあまりに違いすぎる。フジの人は皆、こうなんだろうか。人に何かを聞き、答えてもらったら、まず「ありがとうございます」ではないのか。「ふぅ〜ん」って何だ？　挨拶やお礼をしない人たち、まるで動物園のようだ、と言ったら動物に失礼なくらい、現場は、終わっていた。

途中で何度も「失礼なので、やめたい」と申し出る恵に対して、スタッフは、がんがん加藤にカンペを出し続け、それを読んだ加藤が、恵のプライベートをぶしつけに聞いてきた。

腹に据えかねた恵が、番組スタッフも予想できなかった加藤の弱点を本人に追及するという反撃に出た。カンペはもちろん出ない。案の定、加藤は下を向いたまま泣きそうになり、チラチラスタッフを見始め、アイコンタクトをとった後、退場してしまった。

どういうこと？　他の局の番組と違いすぎて、低レベルすぎて驚いた。番組メインMCの坂上忍は、礼儀に厳しい人じゃないんだろうか？　そう思っていたが違うのか？　やらせを一番嫌いそうな人だが、意外に平気なのか？　わからないことばかりだ。

混乱した頭のまま家に帰り、放送された番組を見てさらに驚いた。タイトルが、「東京03不倫濱松恵VS加藤紗里！　狩野英孝までさかのぼって泥沼喧嘩」と、今回の趣旨として言われていたこと以外の文言までが入り、出だしから、約束は破られている。他の文言が入るなら、出ないと何度も言っていたはずだが、日本語さえ理解できないのだろうか。英語ならわかったのか。

対談の途中で、先に帰ったのは加藤の方だったのに、放送では、恵が途中で「もうやめたい」と言った時のものが使われ、そこでキレて帰ったように編集されていた。悪質だ。

そうして、やらせ番組の放送は終わった。

めちゃくちゃでギャラも払わないモデル事務所

放送後、またテレビ朝日の生配信番組があり、その時に、『『バイキング』の放送の裏であった理不尽な出来事を話していいです」と言われたので、すべてぶちまけた。真実がわかった視聴者の方が、激励や賛同のメールを送ってくれた。

同じころ、芸人の西野亮廣《あきひろ》さんも同じ番組のスタッフから失礼なことをされ、それをブログで暴露していた。それに対して多くの賛同や応援の意見があったらしい。

西野さんが裏側を暴露した時、「ブログでいろいろ言わず、テレビで言え」とコメントしたタレントがいた。その人は数多くのレギュラー番組を持ち、言いたい放題言える立場の人だったが、そのころの西野さんは、テレビ以外の活動が多く、それは土台無理な話だった。真実を話そうとする者が現れると、誰かに飼われたテレビタレントが意見を言う振りして不都合な事実を潰しにかかる。

芸能界では、よくあることだった。

好きな男に裏切られ、さらに『バイキング』でいやな思いをし、散々なこと続きで胃の痛い毎日を送っていた恵に、さらに信じられないことが起こった。

生配信番組の収録中に、突然、担当マネージャーがスタジオからいなくなってしまったのだ。失踪したのである。マネージャーは、恵の大切な資料を持ったまま、どこかに消えてしまった。収録の途中でマネージャーがいなくなったことに気づいた恵は、番組どころじゃない。

所属事務所のシンフォニアに連絡しても、なしのつぶて。

ひとり路頭に迷ってしまった恵は、その年の3月に異業種交流会で出会った男を思い出した。その交流会は、男が開催したもので、なかなかのやり手らしい。ただ、最初に出会った時、いきなりナンパのような軽い感じで恵のLINEを聞き、後から送ってきたLINEも、何となく最初から馴れ馴れしい感じがしていた。それと、その会自体、シンフォニアの社長に連れて行ってもらったのだが、男と昔からの知り合いだった社長が、「あいつはやばいから近づくな。くそ人間、クズだから」と恵に言ったので、そのままLINEも無視していた。

なぜか、急にクズ呼ばわりされたその人のことを思い出した。「助けてください」とＬＩＮＥを送ったら、すぐに返事が返ってきた。ＬＩＮＥでやりとりした後、渋谷のプロントで会うことになった。

シンフォニアに所属していたが、恵はギャラを一円ももらっていなかった。さすがにやめたいと思い、契約解除の申し出を規約通りメールで送っても、まったく返信してこない。挙げ句の果てに今回のマネージャー失踪事件である。しかも社員だと思っていた担当マネージャーは、某牛丼屋の店員だったこともわかり、何かもうしっちゃかめっちゃか状態で、途方に暮れていた。

クズと呼ばれた男に会うまでの間も、恵はシンフォニアに、４月中の契約解除の申し出とギャラ振り込みのお願いのメールを送り続けた。

それでも、返信はない。無視をし続ける気なのかもしれない。最悪な事態だった。

男と合流した恵は、とりあえず、今入っている仕事のサポートをお願いすることにした。男は、恵が思っているよりずっとフットワークが軽く、パソコンにも強かった。ファンの方に返信メールを送っていた恵にとって、それは心強いことだった。

しかし、今までの仕事内容がすべてわかるブック資料を持ち逃げされた恵は、営業がやりづらくなった。

少しずつ、シンフォニアからメールの返信がくるようにはなったが、向こうに都合よく趣旨が入れ替えられたものばかりで、いっこうに要領を得ない。相変わらずギャラが振り込まれる様子もない。

5月になって業を煮やした恵は、夕刊フジの取材を受け、シンフォニアとのやりとりが掲載された。連絡が取れなくなっていたシンフォニアだったが、夕刊フジの取材にはすぐに答えたらしく、その様子も載っていた。「契約は自動更新されるが、濱松からの申し出で、4月末に解除されている。ギャラの取り分は答えられないが、それも契約書通りに進めている」とのことだった。

4月中に本当に契約を解除していたのか、マスコミの取材があったので慌てて解除したのかはわからないが、それに関してはまずホッとした。しかし、ギャラに関しては相変わらずおかしなことを言い通していて、驚いた。所属してから一円も振り込まれていないのである。取り分が10：0の契約などありえない。

5月になってから、担当マネージャーだった男が恵の仕事終わりに急に待ち伏せするようになり、怖いことが何度もあったが、契約が切れていたのなら、あれは一体何だったのか？　個人的なストーカー行為なのか、会社の命令なのか、気持ち悪いのではっきりさせたかったが、早く無関係になりたかったので、これ以上追及するのはやめた。

これまで所属させていただいていた事務所の方々とは今でも仲よくさせてもらっている恵だが、シンフォニアだけはもう一生関わることはないだろう。仕事もすべて恵の人間関係でしか取れなかったのに、ギャラも未払いという顛末…。今年（２０１７年）はやはり、ついてない、気がする。

父の死

異業種交流会で会った男の人は、舟橋智樹といい、有名な広告代理店の社員で、別に自分でも起業するなど、実際はクズでも何でもなくなかなかできる男だった。全面的に恵のフォローをしてくれ、その細やかなサポートのおかげで、恵はようやくまともに仕事に専念できるようになった。

最近、不運なことが続いていた恵にとって、舟橋は〝地獄に仏〟のような存在だった。一方、〝尻大好き男〟は、４月18日に、なぜか携帯ゲーム「ツムツム」のハートを恵に送ってきた。そして、それっきり、また音信不通になった。

「この意味は？　何のハート？　こんなものよりＬＩＮＥを送ってきてよ」と、心はもやもやしたままだったが、どこかで「まだこっちのことを気にしてるんだろうか？」と思う気持ちと、しばらくいったりきたりした。

そんな中、自宅にいた恵に一本の電話が入った。電話の主は、「濱松恵さんの父であるはちすかただしさんが亡くなったので、相続していただくものがあります」というものだった。死んだ？　誰が？　電話を切ってママのいる部屋に直行した。

「ママ、お父さんが死んだみたい」

そばにいたママに言った。

「嘘でしょ。そっか…」

「で、私に相続されるものがあるらしいんだけど」

数日後、恵は、ママと一緒に父のお墓参りに行った。

あの日、金属バットを持って恵を追いかけてきた父は、すっかり小さくなり、ロッカータイプのお墓の中に入っていた。

父はアルコールの飲みすぎで内臓を壊し、まだ55歳の若さで逝ってしまった。

7人兄弟だった父は、身内にブラジル人が三人もいた。最後はトラックの運転手をしており、幼いころの恵の写真を、ずっと大切に持ち歩いていたことが遺品から判明した。相続した遺産は35分の1の割合だったらしく、2000円だった。

あの幼かった日、父と初めて会い、赤鬼のように怖い印象しかなかった。人に父のことを話す時も、〝金属バット男〟と揶揄する気持ちを交えて説明していたのに、ずっと写真を持ってただなんて…今になってわかるなんて…、もういないじゃんよ。

「ずるい、ずるいよ、お父さん…くそじぃ！　どうか、ゆっくり天国で眠ってください」

激動の２０１７年は、まだ5月が終わったばかりだった。

この狭い日本で売名して有名になっても、なんかなるの？

恵は、気が向いた時だけ、日記を書く。それは1年に1回の時もあれば、30回の時もあり、まったく書かない年もあった。日記は、黒い革張りの手帳で、黒川というあまり聞いたことがないメーカーのものだった。

親友に一度見せた時、「黒川の手帳」と命名されてしまった。「見たままじゃん」と思ったが、恵もそれ以来、日記をそう呼ぶことにしていた。松本清張の小説『黒革の手帖』を明らかにパクっている「黒川の手帳」という名前は、どこか謎めいた響きもあって秘かに気に入っていた。

恵は、なぜかその手帳に書く時は、日記なのに、いつ人に読まれてもいいようにきっちり書く癖があったが、なぜそう書くのかは自分でもわからなかった。

7月、恵は新しいことに挑戦した。

7月20日　晴れ　32℃越え　猛暑

講談社から、ヌード写真集『BEYOND THE LIMITS』がついに出版された。3ヶ月前に出したグラビアはセミヌードだったので、ヌードになった私に、友人たちが思った以上に驚いていて、こっちが驚く。

香港の新聞『東方日報』でも紹介されたらしく記事を送ってくれたが、読めない。でもうれしかった。カメラマンの西條さんと気が合い、本当に楽しい時間だった〜。

東スポでも今までの半生をまとめた新聞の連載がスタートしたけど、これもまた意外に反響が大きくてビックリ！　最近は〝売名不倫女〟から〝炎上女優〟に呼び名が移行しつつあり、売名より炎上の方が、自分に合ってる気がしている。正直に何でも言う私のことを煙たがる業界人も多いけど、視聴者の方や同じ悩みで苦しんでいる弱い存在のタレントたちは、応援してくれる。

売名をする気などまったくない。第一、日本の狭い芸能界でそれをやったところで、何の得になるのかがわからないし。2歳からテレビに出ていたのに、何を今さら。芸能人として売れたい、有名になりたいという人の気持ちが、正直まったくわからない。演技で認められて、となからまだわかる気もするけど。

いつも取材で聞かれたことに対して嘘をつかず、正直に答えるのが大切だと思っている。それから、嘘をつき卑怯な逃げ方をする人に対しては、ブログに「本当のことはこうでしたよね」と書くだけ。それを売名と呼ばれても、困る。

同じ週刊誌に撮られる度、自分で売り込んでいるんじゃないかと疑われる。そんなことして何になる？　スクープされる度に、好きな人と会えなくなるのに。幼いころから雑誌モデルの仕事をしていたので、今さら雑誌に載ったからといって、うれしくも何ともない。

売名なんかするかよ。皆、そんなに有名になりたいのだろうか。この狭い日本で、有名になったからといって、なんかなるの？

真実を話せば話すほど、匿名の人たちに嘘つきと言われたり、ＳＮＳに書かれたりすることもあって、テレビでコメントしている芸能人にまで非難されることもあるけど、それでも「おかしいものはおかしい」と言うことをやめる気はない。やめたら、私じゃなくなる。

たとえ日本の芸能界で干されたとしても、いくらでも生きる方法はある。平和ぼけした甘ちゃんの日本人に足並みを揃える必要などないし、そういう生き方をする気もさらさらない。

人にあれこれ言われるのもごめんだし、自分の人生は自分で決めたいし、人のせいにするのもいやだ。東スポの他に日刊ゲンダイ、週刊実話でも連載が始まる予定。何か、急にすげえな、私。

せっかくいろいろな連載が決まったのだから、ひとつくらい私の考えや生き方、今の社会情勢を濱松はどう思ってるのか、みたいなものを載せてくれるところがあってもよさそうなもんだけど、大半が、男遍歴についてか、波瀾万丈な半生について。どこも、ゴシップ的要素が強くないと意味がないらしい。

「あなたからゴシップ取ったら何かあります？」みたいなノリ？　まあ、いいけど。トークショーや生配信の仕事も多くなり、人前で話すのは、あまり得意じゃないけど、何となく流れで、出倒してる。

写真集を出したおかげで、またグラビアの仕事が増えてきたのは、うれしい。もうすぐ花火の季節。今年の花火は、豪勢に屋形船からが、第一希望。料理は、最近好きなもんじゃ焼き希望！

〝尻好きの男〟ができちゃった結婚

季節は、いつの間にか夏になっていた。

8月、恵は久しぶりに風邪をひいた。ここ最近、風邪もひけないほどの忙しさが続いていたので、ちょうどいい休養になった。

咳《せき》が止まるから、といってママがはちみつ大根というものを作ってくれた。大根がしわしわの漬け物みたいになっていて、見た目もおぞましかったが、食べたらもっとえぐかった。

ブログに載せたら、それを見た舟橋さんが電話してきて「あんなもの食べて大丈夫？」と心配してくれた。それを知ったママが、舟橋さんに「あんなものとは何だ！」と激怒し、舟橋さんは、一瞬にして窮地に立ち、平謝りしていた。舟橋さんは、ママが一番怖いらしい。「こんなに優しいのにどうして？」とママに優しく言われても、怖さに変わりはないようだった。

おぞましい〝はちみつ大根〟のおかげで、恵の風邪は快方に向かった。

まさに、「良薬、口に苦し」である。

体調がよくなった恵は、また忙しい毎日に戻った。

9月に、また、恵を揺るがすような事件が起こった。

スクープ以来、音信不通になっていた〝尻好きの男〟が、ビジネスパートナーだと言っていた女と結婚したのだ。それもただの結婚ではなく、できちゃった結婚。

最初に聞いた時、自分の耳を疑ってしまった。半年前まで、恵と必死に妊活していた彼に子供ができた。仕事のスケジュールはびっちり詰まっているが、しばらく寝込みたかった。勝手に涙が出てきたが、悲しくて泣いているのか、悔しくて泣いているのか、自分でもわからなかった。一体、今年は何なんだ。もはや厄年の範疇を超えている。勝手に天中殺がプラスされたんだろうか。

恵の中でようやく怒りがおさまり、あきらめがつきかけていた矢先の出来事だった。男は、その後ご丁寧に子供が生まれたことまで発表し、その日から計算すると恵との妊活時期と丸被りしていたため、もう怒りを通り越して呆れるしかなかった。いや、目一杯怒ったけど。恵とのことを知りながら、子供を産んだ女のことも、「神経が麻痺してる」と思わずにはいられなかった。

〝女遊びは芸の肥やし〟と2人揃って思っているのかもしれないが、それは一流の芸人だけに当てはまることだと思う。中途半端な野郎が女遊びをしても、この時代、ダサいよ。

2017年は最後の最後まで〝尻好きの男〟に振り回されて終わった。男の言葉を信じたために、今年の恵は本当にひどい一年に見舞われてしまった。嘘を重ねた男に、「本当のことを言って」と求めただけなのに、恵は、いつしか〝炎上女優〟と呼ばれるようになっていた。

そのせいで毎日のように、匿名のネット民たちと戦いまくった。あいつらは、それで高給をもらってるんじゃないかというくらい何でも絡みつき叩きまくってくる。もしあれで1円にもなっていないのなら、すごいお節介者か、恵が暴露してる相手の関係者か身内だろう。

負け戦はいやなので、ブログで反撃しまくっていたら、勝手にビュー数が上がり、ブログ代としてまとまったお金が入ってきた。災い転じて福と成したのか？　本当に今年は奇妙な年だった。

11月30日　曇りのち雨　11℃

本当に今年（2017年）は奇妙な年。あと1ヶ月で終わるな、と思っていたら、「ババア（祖母）が死んだ」という連絡が入り、ママと驚く。6月に実家の片付けで会ったばかりのババア。その時は元気そうだったのに何があったんだろう。

仲直りした時期もあったけど、また、お金のことで難癖をつけられ始め、結局疎遠になったままだった。いやがらせをされる心配はなくなったわけだけど、もう、この世のどこにもいないのか…。信じられない。

ババアには、幼いころから思春期まで、ひどい虐待を受け、99％いい想い出はない。だから通夜にも葬式にも、いかない。祖父が働いたお金を使って、親戚たちと遊びまくっていたのに。一緒に金を使って遊んでいた親戚は、結局、最後は知らんぷりだったのかよ。

子供のころ、ババアが作ってくれていた〝いかと大根の煮物〟が無性に食べたくなった。

今晩、作ろう。多分ママも好き。……バイバイ、ババア。化けて出てくんなよ。

祖母・澄子が亡くなり、最低二股男に子供ができ、自身は〝炎上女優〟となった激動の2017年が、ようやく終わろうとしていた。今年はいろいろありすぎて恵はひどく疲れていた。

正月三が日くらいは、家でじっとしよう。そして杏里と愛犬のテキーラ、ジンとウォッカと目一杯遊ぶ。久しぶりに、大好きな『Gossip Girl』を見直すか、面白そうなDVDを買い込んで見ながら、とにかくだらだらする。決めた！

正月だからといって、いつもの休日と、きっと変わらない。

恵の一日は、朝の珈琲と煙草で始まる。1時間くらいぼーっとして、5分ほどシャワーを浴びる。娘のご飯を作る。犬と一緒にゴロゴロ。映画かアメリカのテレビドラマのDVDを見る。ママがいない日は、洗濯物を取り込むけど、物干し竿ごと取り込んで時々、怒られる。

料理はわりと得意だから家族の分の夕飯を作る。作れない日は、デリバリー。たいてい、バーミヤンのあんかけ五目焼きそばか和食レストランのとんでん、銀のさら、ガストのオムライス、ハンバーグチキン竜田揚げのどれか。ピザは、頼まない。

さて、今日はどうしよう。疲れすぎて、とても作る気になどなれない。

「杏里、今日何食べたい？」

「………」

パソコンに向かって集中している。こんな時は100％、返答なし。

リビングでゴロゴロしてたら、ジンがお腹の上に乗ってきた。超かわいいんだけど～。

「ジン～～～」

「くら寿司がいいな」

「あ～、ビックリした」

杏里が、いつの間にかそばに立っていた。

「くら寿司、いいねえ。3日前に食べたばっかだけど、そうしよ」

濱松家で一番人気の食べ物は、くら寿司だ。

最低でも、1週間に1度は食べる。

芸能界はクズでも人気者になれる。嘘つきほど出世する

厄年と天中殺が一緒に押し寄せてきたような、2017年がいよいよ終わろうとしていた。

まったく奇妙な年だったな、と思いながらフェイスブックをチェックしていると、懐かしい人からDMが来ていた。昔、アイドルとして一世を風靡したOだ。

「懐かしい」

「久しぶりに会いませんか?」というOに、「懐かしいですね。ぜひ!」と返信すると、すぐに返事が来て、会うことになった。

久しぶりに会ったOは、年月を感じさせないほど、相変わらずのイケメンだった。よく見るとOの顔は、恵の好み、ドストライクだった。いろいろあったが、最後にイケメンと再会でき、いい気分で年が越せた。

初詣は、地元の神社に、親友の達也と行った。ここ数年は、恒例のように毎年達也と行く。1年かけて貯めておいた5円玉を一気に入れ、気合いを入れて参拝する。御守りも買い、おみくじもひいた。

藤原竜也といい、たつやという名前とは相性がいい。何でも話せる仲だ。2人とも仲がよすぎて、ネットに「やってる」と散々書かれたことがあるが、やって、ない。毎年、震災があった時期になると、東北へ行く仲だが、たとえ一緒に泊まったとしても、するなんてありえない。ネット民の期待に応えられなくて申し訳ない、というしかない。

去年は「マネージャーともやってるみたいだ」という書き込みを見た。そういう芸能人は確かに多いが、自分はやらない。身内とする趣味はない。ただそれだけ。

私はした、しなかった、という話を正直に言う方だが、そんな芸能人はごくまれで、たいていの芸能人はそんなこと、仲間内では自慢しても、世間に言うことはない。特に純情可憐を売りにしているアイドルや女優ほどそうだ。だけど、そういう女に限って、恵の何倍も男とやってる。枕の誘いも多いし、断れば芸能人生がそこで即、終了！　となる場合もあるので、結構、死活問題だ。

超美人で才能にあふれていても、いつの間にか消える人も多い。それが、芸能界。正しい者は、救われない。学校の通知表でオール5を取ってる子が、オール1に負けるのはざら。どんなに腹黒くても、テレビや雑誌に出た時に〝いい人〟か〝さっぱりした正直な人〟であることが最重要。見せ方さえ工夫すれば、クズでも人気者になれる。嘘つきほど出世する。

普通は、媚びを売る人って計算高くて気持ち悪いけど、自分に媚びを売ってくる人が大好きな大物がわんさかいる芸能界では、すごく、すっごーく通用する。

とにかく芸能界の常識は、世間の非常識。

とはいうものの、私はやっぱり、正しいものは正しいし、嘘はつきたくない。今までもこれからも正直に生きるつもりだ。

だって、所詮、日本は小さな島国で、世界はうんと広い。だったら、自分らしく生きた方が、後悔は、ない。自分の信念を貫くことが一番大切だ。


「めぐちゃん、何だった？」

達也が、恵のおみくじを覗いてきた。

「小吉…あ、でも小吉ってことはここから上がるばかりだからめぐちゃん」

「何か、小吉って感じ。っていうか、吉がついてるだけうれしいよ」

「でもさ、旅行のとこ、友人との旅は絆が強まり運気が上がるって」

毎年、3月11日になると、達也と東北の被災地に訪れる私たち。これはうれしい。

「それに、願望も、絶好調の時。攻めの気持ちが大切って…そのままじゃ～ん」

大笑いしている。

こっそり恋愛のところを見た。出会いと別れが同時に訪れそう。

何それ？　難しくて、意味わかんない。別れてすぐ、出会いがあるってこと？

「めぐちゃん、あっち結びにいく？」

「うん」

括るまでの間、恵は、恋愛のところを何度も見ていた。

Kは思った以上におじさんだった

誕生日が近づくにつれ、フェイスブックやツイッターにたくさんメールが来るようになった。相変わらずいやがらせのコメントもあるけど、多くは誕生日のメッセージが多く、昔の彼と名乗る男からもたくさん来た。

で、誰？　馴れ馴れしいコメントしてくんじゃねーよ、と思ったのでブログで怒っといた。

最近、世間への露出が多かったので、今年は電話もよくかかってくるな、と思っている時に、かかってきた。

「はい、もしもし」

「あ、めぐちゃん、久しぶり～」

厄介な女の電話を取ってしまった。この女は、人の情報をいろんな人に言ってまわる癖があり、前にたまたま、それを記者に買ってもらって、余計に張り切って情報収集するようになったらしい。面倒くせ。

「元気？　大変だったね。大丈夫？」

「うん」

「あのね、ちょっと前にさ、真夜中のテレビで芸人のＫが、女性タレントから誘いがあって、セクシーな写真とか送ってきてハニートラップに引っかかりそうになったって言ってて」

「へえ～」

「それって、めぐちゃんだって、噂だよ」

「はあ？」

「どうなのかな、って思って。友達だから心配だし」

「それはありがとう。もちろん違うよ」

「そうなんだぁ～」

「それだけ？」

「あ、うん」

「じゃ、私今、ご飯中だから」

「そっか、でも何で、めぐちゃんってなってんのかなあ」

「知らないけど、本当忙しいからごめん」

こいつにいろいろ話したら、絶対、人に言う時は尾ひれがたっぷりついてしまう。本当に、電話を掛けてくる度、いやな空気をまき散らす女だ。しまいに、誰からも相手にされなくなるよ、あんた。

恵は、電話を切っても、もやもやしていた。

でも、何でそんなことになってんのかな。本当にそんな噂あるの？

確かにKさんとは、Yのことがダメになって、やけっぱちになってた時に行った飲み会で親しくなった。そこにはKさんの先輩のOさんもいて、LINEを交換した5日後にOさんに誘われ、新宿の塚田農場で2人でご飯を食べた。

Oさんはおじさんだけど、結構いい体で、池袋や五反田、歌舞伎町のラブホテルに4回くらい行った。セックスの前に、マリファナを吸う癖があっていやだったけど、若くないのに一晩に3回はやる。20分くらいだけど。

避妊対策も万全だった。クスリをやる人が苦手なので、どうしようと思い、後輩のKさんに相談したら、ご飯に行くことになった。話が盛り上がりすぎて終電がなくなり、そのまま歌舞伎町のラブホテルに泊まった。

Kは、ホテルに入るなり「俺、今、別居中なんや」とドラマの台詞みたいなことを言った。

「ま、映画でも見よか」

ソファーに並んで、映画を見ながら、ビールを飲む。

さわさわ…恵の脚をKが触り始めた。

だんだん、きわどい場所を執拗にさすっている。

「や〜だ。何もしないって言ったよね。きゃっ！」

恵の体が宙に浮いた。いきなりKにお姫様だっこされ、身動きできない。

そのまま、ベッドに落とされ、Kが上から覆い被さってきた。

「明るい方が好きやねん」

Kが思いっきり電気を明るくした。

「いやだ」。少し照明を落とした。

さっき、お風呂から上がってきたKが、思った以上におじさんだったのを思い出しテンションがどうしても上がらない。

でも、することになりそうだ。ホテルについてきたのだからしょうがない。あ〜、早く終わってほしいよ…。

それなのに、Kは恵の思惑と違い、最中に必要以上にコミュニケーションを取ってくる。

「なあ、こういうの好きちゃうの？」

「気持ちええんか？」

「どやねん」

「ええやろ」

おじさんぽいしゃべり。吐きそう。

ことが終わった後も「一緒、風呂入らへん？」としつこく言うKを何とかかわした。

それでも一緒にいる時の会話は楽しいから、3回も会ってしまったけど、そのうち男友達のLINEを勝手に消されたりして、異常に束縛してくるのがいやで別れた。

…ってことなら、あった。

だから、その噂になってる女がいるとしたら、私のことじゃない。断られたんじゃなくて、ちゃんとやってるし、誘われたし、ハニートラップなんて面倒くさいこと絶対しないから。


まあ、芸能界に嘘つきの男は多いけど、ベッドの中だと嘘に拍車がかかるのも現実。

その代表が、元アイドルのOだった。Oのことは、わりと一番最近のことだし、男らしくなかった彼のおかげで、前からアプローチしてくれてた今の彼のよさがわかり、つき合うことになったから、ある意味感謝すべき相手かもしれないが…。

Oとのセックスは、彼の事務所でだった

前から顔見知り程度の仲だったOが、フェイスブックに連絡してきたのは年末のことだった。年末も年始も、初詣以外、自宅で普通に過ごしていた恵は、Oに連絡を取り、そこから2人は仲良くなった。仲良く、といっても男と女の関係ではなく、友人としてだった。

ある日、友人同士だった2人はご飯の後、バーに行った。

「なあ」

突然、Oが恵の肩を抱き寄せ、キスしようとしてきた。

「ちょ、ちょっと、ダメやめて」

「何で？　俺のこと嫌い？」

「じゃなくて、Oさん結婚してるじゃん。もう不倫はいやなんだよ」

Oのきれいな顔を見ていると、一瞬、誘惑に負けそうになったが、不倫で最後に傷つくのは、結局女だ。

「だめ、本当に。もう不倫でいろいろ言われたり悩んだりするのはいやだから」

「じゃあ、俺が、誰にも何も言わせないようにする。世間から絶対に俺が守る」

一瞬の沈黙の後、彼の唇が触れた。

「ずるいよ。私の気持ちわかってて」

「絶対に、何があってもお前を守るから」

「……うん………」

「俺を信じろよ」

二回目のキスは、優しかった。


Oとのセックスは、たいてい、彼の事務所で、だった。

昔から有名人だったOは、ホテルへ行くのも躊躇していた。今、考えると何かあった時に言い訳しやすい場所を選んでいたのかもしれない。

普段も、セックスの時もOは、いつも男らしかった。

彼は恵のことを「お前」と呼び、距離を空けない呼び方のせいか、関係は急速に縮まっていった。

居酒屋でご飯を食べた後、個室のあるバーへ行き、そこでOはたいてい、口でしてほしがった。

それから2人は、裸になって抱き合った。セックスは、短かった。

セックスの後の膝枕が、彼は好きだった。ことの最中も、普段も、甘い言葉を言わない彼が膝枕の時は少し甘えん坊になる。そんな彼が、いつの間にか愛おしくなっていた。

ある日、Oに「離婚するから、結婚して」と言われた時、本当に喜んでる自分がいた。

いつかの〝お尻大好き男〟に「俺の子供産んで」と言われた時もうれしかったけど、でも、結婚したかったか、といえば、してもいいかなくらいの気持ちだった。結婚は一度しているし、もういいかなと思ってたから。

だけど、Oは別だ。顔がタイプすぎる。美しい顔のOとの間に生まれてくる子は、どんな感じだろう？　想像するようになっていた。男の言葉をまた〝真〟に受けてしまった。

幸せな時間が重なってゆき、永遠に幸せになれればいいな、と思うようになっていた矢先、また天敵の『FLASH』にスクープされた。

スクープされた日は、バレンタインのあたりで、Oには、前から欲しがっていた〝おとなのおもちゃ〟を渡した。男の人が1人の時に使うものと2人で使うもの。その夜、2人用のものを実際に使ってみたが、Oは「やっぱ、生身の方がいいな」と、呑気に感想を言い、笑いあった。

幼いころから芸能界という場所で生きてきたせいか、急に神経が張り詰めてしまうところが2人の共通点だったが、一緒にいるとふしぎに安らげた。

スクープされたことで、安らぎの時間は、突然終わってしまった。

『FLASH』が発売された後、Oに電話をかけた。声が聞きたかったのだ。

Oは、電話にすぐ出てくれた。

「とりあえず落ち着こう。苦難を乗り越えれば、きっと幸せになれるから」

「うん」

Oの言葉が、いつもの何倍も心強かった。

Oは、普段からそういう言葉を口にするようなタイプではなかった。だから、すぐに信じた。

――また、不倫女、と世間に叩かれる――

恵の心配していた通り、『FLASH』発売後すぐに、濱松恵は不倫ばかりの最低女だ、というツイートがSNSにあふれた。

結果だけ見れば、その通りだ。反論のしようがない。だけど、どうして叩かれるのはいつも女ばかり、私ばかりなんだろう。嘘の甘い言葉をたくさん言った男の方が罪が軽いのだろうか？

「もし何かあったら、俺が全力で守る。誰にも何も言わせない」

Oの言葉を思い出し、自分の悪口であふれるツイートをぼんやり見た。

「あ〜、やっぱ耐えられない」

OにLINEした。

1時間、2時間…何時間経っても既読にならない。

前日まで、すぐに戻ってきていた返信の気配も、まったくなくなってしまった。

またLINEした。

「…最低…嘘つき…何で?」

だけど、やっぱり信じたい。信じたいんだけど〜。

何時間経っても、LINEは既読にならない。急にOと連絡が取れなくなってしまった。

——もしかしたら私と話す前に心の整理をしているのかもしれない。まさか、離婚話の最中かも——。Oを信じたい気持ちの方が、勝っていた。

友人に電話をかけ、連絡が取れなくなったことを話した。

「それ、ブロックされてるかも。彼が絶対持ってないようなスタンプ贈ってみて。『すでにこのスタンプを持っているためプレゼントできません』って戻ってきたら、ブロックされてると思う」

「まじ? やってみる」

彼が、というか人があまり持たない、贈らないようなマイナーなスタンプをひとつ贈ってみた。

「すでにこのスタンプを持っているためプレゼントできません」

…戻ってきた。友人に教えられた言葉通りだ。

念のため、違うテイストで、誰も使わなそうなものを贈った。

プルッ。聞いたことのない音が鳴り、知らない人からのＬＩＮＥが割り込んできた。

「何、こんな時に。…何、これ…」

ＬＩＮＥは勝手に開かれ、黒い薔薇のスタンプが受信されていた。

プルッ。

「お前は、俺以外とは幸せにならない」

「ったく、誰だよ、こんな時に悪戯かよ」

――でも、また、黒薔薇？　偶然？――

一瞬気になったが、いつものＬＩＮＥ音で、我にかえった。

「すでにこのスタンプを…」、Ｏに贈ったスタンプの返信は、やはり同じものだった。

それから、何個も何個もスタンプを送り続けては、同じ文言が戻ってきた。

その間、彼のＬＩＮＥが既読になることは、なかった。

彼のずるいやり方に、怒りと悲しみでいっぱいになった。

――信じていたのに。シンジテ…イタ、ノニ…アー、モウ、ダメダ――

その日を境に、彼とは一切連絡が取れなくなった。

嘘つき。男らしくない。卑怯者。

怒りを何かにぶちまけずにはいられず、ブログにホントのことを書いた。

彼の事務所の人に頼まれて、スクープされた直後は嘘のブログ記事をあげてしまったことも、ひどく後悔した。本当に関係があったことを書けば、もう二度と彼と会えなくなる。それがいやで言うことを聞き、〝友人でした〟と、嘘を書いた。嘘は、自分の性に合わない。書くべきじゃなかった。

〝かけがえのない存在〟になりつつある人

Oと連絡が取れなくなった直後は、ひどく落ち込んで、スクープした『FLASH』の記者を死ぬほど恨んだけど、そんな落ち込む恵のことを、ずっと慰め続けてくれた人がいて、その人との距離が急に、ぐんと縮まった。

彼は、恵がOに対して「卑怯者、最低」とかいろいろ言ってる時に、気晴らししたらどう？とご飯に誘ってくれ、プロポーズしてくれた。

彼が恵にプロポーズしてくれたのは、実は二度目で、彼は恵とOがつき合ってる時も、根気強く「好きです」と言ってくれていた。周りのみんな（特に事務所の社長）には、Oには家庭がある。家庭がある男が離婚をちらつかせるのは、よくある話だからやめた方がいい。それより、「好き」と言ってくれている彼との方が、ずっと幸せになれそうだ、と言われていたけど、言うことなんか聞けなかった。人を好きになるって損とか得じゃないし。

彼はそれでも待ってくれて、恵はそんな彼に自分とOののろけ話まで聞いてもらっていた。ある意味、ひどい女。男見る目もねえし。

昔から、不幸な方へ行く癖があり、それをいつも舟橋社長には注意されていた。何でそっち選ぶの？　って…。あっちにしたら幸せなのに、って。

陰があって、どこか精神的に弱いOが、自分と似てる気がして、どんどんのめりこんだ。その間、彼とも会っていたけど、それはいつも何人かで。彼は、その何人かの仲間のひとり。それでも、会う度に、好きだと言ってくれていた彼が、今は恵の不幸の連鎖を止めようとしてくれているみたいだ。

失恋した恵を慰め続けてくれる彼と会っているうちに、ただのいい人から〝好きな人〟に変わり、今は〝かけがえのない人〟になりつつある。

私はずっとモテてきた。モテたけど、決まって最後は不幸。男運が悪かった。

自分もだんだんそれが普通になって、いつしか自分から不幸になる方を選ぶようになった。

身内がひどすぎるせいで、知らないうちに人間不信になっていたのかもしれない。

仮面鬱病じゃなくて、仮面人間不信。

幸せの後の、不幸は余計に悲しい、苦しい。そして、とんでもなくさみしい…。

だから、私はどこかで、不幸でもいいと思い、不幸になる方を選んでいたんだ、きっと。


だけど、これからは…。

本書は著者の体験に基づいて書かれた創作です。
実在する個人や組織の名前も登場しますが、
小説的脚色が施されていることをご了承ください。

［著者紹介］

濱松 恵（はままつ・めぐみ）

1983年、埼玉県生まれ。2歳から芸能活動を始め、子役およびモデルとして活躍。1999年、フジテレビ「ビジュアルクイーン」に選出。2011年以降、狩野英孝、川崎麻世、東京03・豊本明長、大沢樹生らとの不倫・熱愛が立て続けに報じられる。2017年、ヌード写真集『BEYOND THE LIMITS』（講談社）を出版。

黒い薔薇

2018年8月21日 初版第1刷発行

著　　者　濱松 恵
発 行 者　揖斐 憲
発 行 所　株式会社サイゾー
〒150-0043
東京都渋谷区道玄坂1-19-2-3F
電話 03-5784-0790（代表）
装　　丁　坂本龍司（cyzo inc.）
D T P　inkarocks

印刷・製本　株式会社シナノパブリッシングプレス

ISBN978-4-86625-107-3